L'AFFAIRE SAUNIER-LANGIS

Hervé DEVRED

L'affaire Saunier-Langis

Vérone éditions

Envois de manuscrits :
Vérone éditions – 75 boulevard Haussmann – 75008 Paris

I

Ils sont habillés comme ça, les Chinois ? Antonin n'aurait voulu pour rien au monde troquer sa chemise en toile, son pantalon aux genoux usés et aux extrémités effilochées, ses socques et sa casquette pour la tenue de Monsieur de Mortemart. Non, mais visez-moi ça ! Il perdrait tout son crédit à la Courtille[1], si on le voyait habillé de la sorte.

Hugues de Mortemart prenait son temps pour absorber la potion que lui présentait un domestique. Il portait une longue robe en soie noire, fermée par une large ceinture agrémentée d'une broderie en fil doré. L'encolure de la robe était bordée par un revers au motif rouge vif. Il dessinait un Y dont émergeait le visage cerné du dandy. Le même motif ornait l'extrémité des larges manches et on le retrouvait sur une bande de tissu qui descendait de la ceinture au bas de la robe. Un bonnet en satin divisé en quatre quadrants alternativement rouges et noirs auquel était accrochée une longue tresse noire, complétait la tenue. Une tresse ! Antonin avait déjà vu une gravure représentant le roi Louis XIV avec ses longs cheveux bouclés, mais une tresse…

Une fois que le domestique fut sorti, Mortemart se tourna vers Antonin :

— Cette fois-ci, épargne-moi la présence de la fille rousse qui ne sait pas se tenir.

Il s'agissait de Gilberte, sans aucun doute. Bien qu'elle ne fût pas vraiment rousse. Antonin aurait mieux fait de se fier à sa première impression. Gilberte n'avait aucune expérience de ce genre de

« soirées ». Mais elle avait tellement besoin d'argent ! Il tenta de plaider sa cause :

— Mademoiselle Gilberte a conscience qu'elle ne s'est pas bien comportée. Elle m'a chargé de vous présenter ses excuses.

Mortemart le coupa sèchement :

— Ses excuses sont inutiles puisque je n'aurai plus jamais affaire à elle.

Antonin baissa les yeux avec respect. Mieux valait ne pas irriter Mortemart.

— Bien Monsieur. Combien serez-vous ?

— Une douzaine.

Une douzaine ! Douze filles… Pas facile à trouver en si peu de temps. D'autant que Mortemart était exigeant.

— Est-ce que Monsieur veut aussi…

Mortemart eut un geste bref des épaules.

— Bien sûr… Je sais qu'il y a eu un nouvel arrivage. Dis à ton fournisseur que je veux de la marchandise fraîche. Je sais faire la différence.

Antonin réprima un soupir. Il n'aimait pas ce genre de commission. Même si Mortemart payait bien.

— Bien Monsieur. Monsieur a besoin d'autre chose ?

Mortemart toisa Antonin. Dans le décor factice de son cabinet chinois, entre ses vases Ming, ses bouddhas de jade et ses panneaux en bois laqué décorés de dragons, le dandy ne parvenait pas à passer pour autre chose que ce qu'il était, un Européen costumé.

— Non… Edgar te donnera cent francs à titre d'avance. Tu passeras aussi chez Potel[2]. Dis-lui de m'envoyer quelqu'un cet après-midi.

— Bien Monsieur.

Antonin se retira à reculons. Il n'avait pas fait dix mètres hors de l'hôtel particulier qu'une voix féminine l'interpella :

— Hé là, Antonin ! Tu me fuis maintenant ?

Antonin s'immobilisa. Madame de Grimonpré avait posé une jolie bottine sur le marchepied du fiacre et attendait que le cocher lui donnât la main pour descendre.

— Je vous prie de m'excuser, Madame. J'étais perdu dans mes pensées. Je n'ai pas vu que c'était vous.

Madame de Grimonpré fit la moue.

— Ou alors tu t'es dit que ce n'était pas le moment de me rencontrer.

Antonin poussa un soupir. Pourquoi fallait-il qu'il la rencontre toujours dans de telles circonstances ?

— Je suppose, ajouta-t-elle, que Monsieur de Mortemart veut organiser une partie fine avec ses amis ?

Le visage de madame de Grimonpré s'était durci. Antonin en fut mortifié. Il aurait tant aimé qu'elle le voie dans un autre contexte. Ne pas être associé aux turpitudes de Mortemart. Il eut un geste de découragement. Madame de Grimonpré comprit son désarroi.

— Comment va ta maman ? demanda-t-elle.

Antonin lui lança un regard de gratitude.

— Elle tousse toujours beaucoup. Elle m'a dit de vous remercier pour les vêtements que vous avez envoyés pour mon frère et ma sœur.

*

— Que t'est-il arrivé, mon pauvre Eugène ?

Antonin avait pris par le bras le dénommé Eugène qui avait l'air complètement hagard. Le bas de son visage était barbouillé de sang ainsi que ses bras. Sa blouse, largement ouverte sur son maigre torse, était également tachée. Eugène poussa quelques grognements et agita la tête. Des passants les regardaient avec suspicion.

Eugène présentait tous les signes de ce que le grand clinicien Édouard Seguin appelait l'idiotie furfuracée[3]. La taxonomie médicale était assez peu connue à la Courtille, aussi les personnes charitables le disaient « innocent ». Les autres, qu'on trouvait majoritairement dans la gent masculine, le qualifiaient de crétin. Antonin préférait le terme d'attardé mental qu'il avait entendu dans le Paris civilisé. Depuis qu'il l'avait pris sous sa protection, Eugène avait cessé d'être le souffre-douleur des gamins du quartier.

— Viens, il faut te débarbouiller. Tu ne peux pas rester comme ça. On va aller à la fontaine. Après, tu iras voir Florine. J'ai des choses à faire, je ne peux pas t'accompagner.

II

Jacques Montignac faisait les cent pas devant l'asile des Petits Orphelins[4], au croisement de la chaussée de Ménilmontant et de la rue de Puebla[5]. C'était là qu'il retrouvait Antonin lorsqu'il avait besoin de ses services. Montignac s'impatientait. Il était pressé. Le journal l'avait chargé d'écrire un article sur l'assassinat de François-Marie de Saunier-Langis. Disons François Langis pour faire simple. Noblesse d'opérette. Montignac sortit sa montre de gousset et regarda l'heure. Le petit drôle était en retard. Il prenait ses aises. Difficile pourtant de se passer de ses renseignements. Du haut de ses seize ans, Antonin dirigeait une bande de gamins qui se faufilaient partout et lui ramenaient une quantité d'informations. Il se vantait d'être la personne la mieux informée de Ménilmontant à Belleville.

Montignac avait fait la connaissance d'Antonin quelques mois auparavant. Celui-ci était venu proposer les services de sa bande de gamins pour vendre le *Petit Journal*[6] à la criée. Montignac avait tout de suite compris le bénéfice qu'il pouvait tirer de cet adolescent déluré. Grâce à sa bande, il avait des antennes partout. Antonin avait hésité. Antonin n'était pas un mouchard. En particulier, il ne voulait pour rien au monde avoir affaire avec la police. C'était le prix à payer pour ne pas avoir d'ennuis avec les malfrats et les proxénètes du quartier. Un journaliste, c'était différent. D'autant qu'il était d'accord pour payer. Alors, il avait accepté.

Montignac était de plus en plus nerveux. Les villages de Belleville et de Ménilmontant avaient été rattachés à Paris quelques années auparavant[7], mais Montignac, pourtant fraîchement arrivé dans la capitale, partageait la même défiance que les Parisiens de souche pour ces nouveaux quartiers. Des quartiers dans lesquels toute une population de déshérités avait trouvé refuge. La dénomination de village attribuée à Belleville était d'ailleurs largement usurpée. Belleville était devenue une véritable ville, non pas par son organisation, mais par sa démographie. La commune de Belleville avait connu au cours des vingt dernières années un développement aussi spectaculaire qu'anarchique. Les pâturages qui séparaient autrefois l'ancien village de Belleville du faubourg de Ménilmontant avaient laissé la place à un lacis inextricable de rues étroites bordées de maisons basses, sans autre accès à l'eau que celui procuré par quelques fontaines publiques, et ignoré par le réseau d'égout en cours de percement dans la capitale. C'était flagrant dans le quartier de la Courtille, de chaque côté de l'ancienne rue du Parc, que l'on ne se résignait pas encore à appeler rue de Belleville.

Quiconque eût traversé la Courtille sans en connaître les habitudes l'aurait imaginée sujette à l'un de ces émois qui enflammaient régulièrement les quartiers populaires. Revenant le lendemain et les jours suivants, il aurait constaté que cette agitation était le produit de la continuelle effervescence qui y régnait.

Dès potron-minet, une foule innombrable se déversait dans les rues tortueuses, émergeant des maisons et des rares immeubles qui les bordaient, constructions qui, pour la plupart, avaient moins de vingt ans, mais en paraissaient cinquante, couvertes de suie, carreaux des fenêtres brisés et obstrués par de la toile ou du carton. La foule se mettait en mouvement pour descendre vers l'ancienne barrière d'octroi de Belleville et les multiples ateliers et fabriques du faubourg du Temple. Puis elle était immédiatement remplacée par une autre foule, une foule de commères en tabliers et fichus, de commerçants dont la minuscule échoppe débordait sur la chaussée en terre, de portefaix et d'hommes de peine attelés à une charrette à bras. Des gamins couraient au milieu de cette multitude au sein de laquelle on échangeait politesses et horions sur le même ton, sans qu'on sache véritablement à qui ces signes de sociabilité étaient adressés.

À la tombée de la nuit, ce grouillement désordonné s'apaisait progressivement. Chacun rentrait chez soi, un chez-soi dont il était occupant légitime ou clandestin, à moins qu'il ne soit à mi-chemin entre les deux situations, n'ayant pas réglé son loyer depuis plus de six semaines. Les rues sombraient alors dans la pénombre, éclairées de loin en loin par la lumière jaune diffusée par quelque estaminet ou autre lieu de plaisir. Lorsque la vue s'était habituée à l'obscurité, on constatait que les matrones avaient laissé la place à des filles au visage fardé et aux cheveux défaits, le corsage ouvert sur une poitrine opulente. D'inquiétantes ombres circulaient entre elles, surveillant du coin de l'œil les groupes de fêtards déambulant en braillant dans les portions de rues les moins sombres. La nuit, la Courtille dévoilait son autre visage, on découvrait alors qu'elle était un repère de tripots et de maisons de tolérance, déclarées ou clandestines, de malfrats, de marlous et de souteneurs, de lorettes, de jambonnettes et de filles de joie. Longtemps situé au-delà de la barrière de l'octroi et, par conséquent, exonéré des taxes prélevées à l'entrée de la ville, le quartier avait en effet vu se multiplier les guinguettes. Il était devenu un lieu privilégié de réjouissances pour les ouvriers du faubourg du Temple, les étudiants et les jeunes bourgeois désœuvrés en quête d'émotions fortes. Le report des barrières aux nouvelles frontières de la capitale n'avait pas changé les habitudes. Le vin avait enchéri, voilà tout.

En lisant ces lignes, le lecteur ou la lectrice sont en droit de penser que l'auteur est allé chercher son inspiration dans l'une de ces pièces qui ont fait la fortune des théâtres du Boulevard du Crime, ces théâtres que, pour notre malheur, le baron Haussmann a fait détruire quelques mois avant les événements que relate ce roman. Le lecteur pensera ce qu'il veut, mais Montignac, lui, était imprégné de cette culture. C'était la raison pour laquelle il se gardait bien de pénétrer dans ce quartier et préférait donner rendez-vous à Antonin en un lieu où il se sentait plus en sécurité, chaussée de Ménilmontant, à l'extrême limite du domaine de son jeune informateur.

Montignac était plongé dans ses pensées lorsqu'Antonin le tira par la manche.

— Ah, te voilà enfin ! J'ai craint que tu ne m'aies oublié, dit-il sur un ton de reproche.

— Excusez-moi, M'sieur. J'ai eu beaucoup de travail cet après-midi.

Montignac émit un petit rire nasal. Beaucoup de travail… Mais pourquoi pas. Nombreux étaient ceux qui exerçaient un métier et qui se donnaient moins de mal qu'Antonin pour gagner de quoi nourrir leur famille.

— J'ai besoin que tu me fournisses des renseignements sur un gars d'une vingtaine d'années qui circule dans le quartier et qui serait un peu… aliéné mentalement.

Antonin fronça les sourcils.

— Qu'est-ce que vous lui voulez ?

— Moi, rien. Juste des renseignements à son sujet.

— Pourquoi ?

Montignac toisa Antonin avec étonnement.

— Tu n'es pas au courant, toi, Antonin ?

Ça alors ! Antonin ne savait pas…

— De quoi vous voulez parler ?

— Si je te dis ce que je sais, tu es d'accord pour m'aider ?

Antonin réfléchit. Raconter à Montignac les potins du quartier, d'accord, mais s'il s'agissait d'Eugène, c'était autre chose.

— Il faut voir…

— C'est oui ou c'est non ?

Antonin poussa un soupir. Il appendrait l'information d'une manière ou d'une autre. Mais, s'il s'agissait de quelque chose de grave, l'aide de Montignac pouvait s'avérer utile.

— C'est oui.

— Le gars dont je te parle a assassiné François-Marie de Saunier-Langis cette nuit dans son hôtel particulier.

— Quoi !

Antonin avait pâli. Eugène… Ce n'était pas possible. Eugène était quelqu'un de doux, et même de timoré… Que serait-il allé faire, d'ailleurs, dans l'hôtel particulier de Saunier-Langis ? Il ne sortait jamais de la Courtille et du village de Belleville. Et puis, Eugène, assassiner Saunier-Langis, ça n'avait pas de sens. Saunier-Langis était un type assez grand et bien plus costaud que lui ! Un drôle de zèbre, entre nous, ce Saunier-Langis. Avec son épingle de cravate ornée d'un petit dragon en jade, il lui faisait penser à Mortemart et à ses chinoiseries.

— Vous êtes sûr ?

— Oui, le gars a été arrêté en début d'après-midi. Il avait des traces de sang sur sa chemise.

— Et quand le meurtre a-t-il eu lieu ?

— Cette nuit. Des noctambules ont entendu des cris venant de l'hôtel particulier un peu après minuit. Alors… tu le connais, ce gars ?

Antonin jeta un regard sombre à Montignac. Mais il s'était engagé. Antonin tenait toujours ses promesses.

— Oui. Mais c'est un gars doux comme un agneau qui ne ferait pas de mal à une mouche. Il est muet, mais il comprend ce qu'on lui dit. Il vit chez ses parents qui aimeraient bien se débarrasser de lui. Il leur rapporte un peu d'argent en mendiant et en aidant les commerçants du quartier.

— C'est tout ?

— Pour le moment. Je vous donnerai d'autres informations demain.

— Demain ?

Antonin fit un signe de la tête. Il ne dirait rien de plus. Montignac poussa un soupir. C'était bien maigre pour écrire un article. Il allait être obligé de broder. Mais si Antonin ne savait rien de plus, qui d'autre pouvait savoir ?

*

Il serait injuste de réduire le quartier de Belleville à la fange de la plaine de la Courtille. Lorsqu'on prenait la peine de gravir la colline de Belleville, on retrouvait progressivement des traces de la civilisation. En parvenant au sommet, on était de nouveau dans un environnement familier, avec des rues pavées, des immeubles de rapport, des boutiques avec leur enseigne et le nom de leur propriétaire en lettres blanches sur la vitrine, quelques hôtels particuliers et un marché trois fois par semaine, un marché animé et retentissant de la voix sonore des maraîchers, mais bien plus ordonné que le déballage anarchique encombrant les ruelles du Belleville d'en bas.

Dans l'ancien village de Belleville, les usages et la hiérarchie sociale qui avaient cours dans toutes les bourgades de France reprenaient leur droit. Une hiérarchie et des usages grandement simplifiés par trois révolutions. C'est ainsi, par exemple, que le qualificatif de « Madame » avait été largement étendu. Il s'appliquait désormais aussi bien à la veuve de Monsieur de Salbris, propriétaire de son vivant d'une fabrique de cire et chandelles, et qui habitait un hôtel particulier au coin de la rue d'Hautpoul et de la rue des Alouettes[8], qu'à Madame Combret, la boulangère de la rue des Solitaires, ou à Madame Dubreuil, la gérante de la quincaillerie en face de l'ancienne mairie de Belleville. La particule apportait, bien sûr, un surcroît de notabilité à celle qui la portait, mais on sait à quel point l'usage de ladite particule est galvaudé de nos jours.

Lorsqu'on évoquait une personne de plus basse condition, on utilisait par contre le déterminant « la ». La Germaine était, par exemple, la vendeuse un peu dodue du magasin d'étoffes noires[9] de la rue des Lilas. La marchande de quatre saisons était la Fernande. La femme du rémouleur, un homme qui passait la première partie de la journée à crier son métier dans la rue et la seconde à soigner sa voix au cabaret, c'était la Marie-Joséphine. Pour les jeunes filles, on distinguait également deux catégories. Il y avait les « Mademoiselles », comme Mademoiselle Hortense, la fille du maire, et il y avait les « petites ». La petite Juliette, par exemple, une cousette de la rue Oberkampf. Les femmes de la Courtille, quant à elles, n'avaient pas de nom. Tout au plus avait-elle droit au surnom de leur homme, comme la « femme au Boiteux ».

Florine ne rentrait dans aucune catégorie. Florine était Florine. Il ne serait venu à l'idée de personne de l'appeler autrement. Florine n'était ni mariée ni veuve, elle ne pouvait donc pas être appelée « Madame ». Madame qui, d'ailleurs ? Et comme elle était respectée de tout le monde, il aurait été inconvenant – et très mal vu – de parler d'elle en disant « la Florine ». Elle était donc tout simplement Florine. Florine semblait avoir pour vocation de venir en aide aux pauvres et aux déshérités, qu'ils soient en règle avec la société ou pas. Elle tenait table ouverte chaque jour et quiconque pouvait trouver chez elle un bol de soupe avec un peu de lard (excepté le vendredi bien entendu), ainsi qu'un quignon de pain, ou emporter, lorsqu'il s'agissait d'une mère de famille, une livre de pommes de terre, un chou ou des fèves. Le soir, elle accueillait celles et ceux qui n'avaient pas de toit et qui lui demandaient asile, trouvant toujours pour eux une couverture et une paillasse dans l'une des pièces de l'immeuble qu'elle habitait. En hiver, elle distribuait du charbon de bois, des couvertures et de vieux vêtements.

Comment expliquer une telle prodigalité ? On disait de Florine qu'elle touchait une rente annuelle de deux mille francs. D'autres avançaient le chiffre de cinq mille, mais c'était certainement exagéré. D'où lui venait cette rente ? En ce siècle imprégné de romantisme, certains avaient avancé qu'elle était la fille illégitime d'un aristocrate qui avait veillé à ce qu'elle ne manquât de rien. La fable était séduisante, mais l'aristocrate en question, s'il ne lui avait laissé que deux mille francs de rente, devait être pingre ou désargenté. Un habitué du café de la Poste avait prétendu un jour qu'il n'en était rien et qu'elle avait hérité d'un oncle qui avait fait fortune dans le commerce triangulaire. On était en pleine partie de dominos et personne n'avait songé à lui demander d'où il tenait cette information. Il aurait été d'ailleurs bien en peine de le dire.

À ces rentrées régulières d'argent s'ajoutaient les dons en espèce et en nature qu'elle recevait. La bonté de Florine était renommée et on lui apportait chaque jour des chutes de tissu, des vêtements usagés, des restes provenant de la cuisine des auberges du village, des légumes devenus invendables, parce que tachés ou flétris, ou tout simplement son concours pour faire la cuisine. Florine était la bonne âme de Belleville. Chacun se sentait fier de son action. Sa bonté ne rejaillissait-elle pas sur tous ceux qui y contribuaient d'une manière ou d'une autre, ne fût-ce qu'une fois par an ?

La notoriété de Florine contrariait le curé de Saint-Jean-Baptiste de Belleville. Florine allait à la messe chaque dimanche et communiait les jours de fête, mais elle se tenait à l'écart des œuvres de bienfaisance organisées avec autorité par Madame Monceau. Madame Monceau partageait le dépit de Monsieur le Curé. Elle ne parlait de Florine qu'en fronçant fort le nez. Elle aurait beaucoup aimé pouvoir la critiquer si cela n'avait suscité la réprobation des autres dames patronnesses de la paroisse. Quand même, cette Florine héberge chez elle des femmes dont la place serait plutôt à Saint-Lazare[10] !

Florine avait réquisitionné tout un immeuble au cent cinquante et un de la rue de Belleville. Elle n'en occupait initialement que le rez-de-chaussée et une partie du premier étage, mais les allées et venues continuelles des miséreux qui venaient chaque jour implorer son secours en avaient chassé les autres locataires. Florine utilisait les espaces libérés pour héberger ses hôtes de la nuit et le propriétaire n'osait pas lui réclamer un loyer. Ce qui prouve que cette Florine n'est pas sotte, triomphait Madame Lambresecq, que les insinuations de Madame Monceau agaçaient. Il faut dire que Monsieur Lambresecq était connu pour ses idées libérales.

Antonin éprouvait pour Florine une profonde admiration. Il voyait en elle la personnification, en ce siècle de débauche, de la Sainte Vierge. La mère d'Antonin priait beaucoup la Sainte Vierge. Elle avait transmis à son fils un grand respect pour elle, preuve qu'elle ne tenait pas rigueur à la Vierge de la situation dans laquelle elle se trouvait. Antonin combinait cette vénération pour la Vierge avec une foi très modérée. Dieu ne surveillait guère son troupeau, ou alors de loin, pensait-il. Il laissait le soin à des gens comme lui de réparer les injustices, quitte à ce qu'ils utilisent parfois des moyens assez peu orthodoxes. De son côté, Florine aimait bien cet adolescent qu'elle avait vu grandir et à qui elle avait appris à lire et à écrire. Elle se désolait, bien évidemment, de certaines de ses activités, mais connaissait sa situation familiale. Elle ne pouvait guère lui trouver d'autres sources de revenus que les menus travaux et services que voulaient bien lui confier les artisans et commerçants de Belleville-le-haut.

Lorsqu'Antonin débarqua au cent cinquante et un, rue de Belleville, Florine était occupée à préparer la soupe du soir avec l'aide d'une voisine. À voir la mine décomposée d'Antonin, elle devina tout de suite qu'il s'était passé quelque chose de grave.

— Avez-vous vu Eugène aujourd'hui ? demanda-t-il.

— Oui, il a passé la nuit ici. Qu'as-tu, Antonin ? Tu me parais bien agité.

— Il a passé la nuit ici ? Il avait l'air… normal ?

— Que veux-tu dire par normal ? Il a été chassé par ses parents et il est aussitôt venu ici.

— Vers quelle heure ?

— Vers six heures. Mais pourquoi toutes ces questions ?

— Il est ressorti ensuite ?

— Non, il est resté avec moi toute la soirée. Ensuite il est monté se coucher et j'ai fermé la porte de l'immeuble à clef, comme chaque soir. Il est reparti ce matin, un peu après le lever du soleil.

— Et il était comment… Je veux dire, vous n'avez rien remarqué d'anormal ?

— Veux-tu me dire enfin ce que tu as ? Et cesse de tourner et retourner comme tu le fais.

— J'ai rencontré Eugène ce matin. Il avait du sang sur les mains et sur sa chemise. Il a été arrêté cet après-midi. On l'accuse d'avoir poignardé le sieur Saunier-Langis dans son hôtel particulier.

— Quoi !

Florine s'était figée. La voisine, qui était restée silencieuse jusqu'alors, comprit qu'elle était de trop. Elle s'essuya les mains dans son tablier et sortit.

— Mais c'est insensé ! Eugène ne ferait pas ça ! Tu le connais aussi bien que moi !

— Je ne sais pas… Un geste de folie, peut-être… Mais ça ne colle pas avec ce que vous dites. Le meurtre a eu lieu hier soir ou cette nuit. Or Eugène était avec vous à ce moment-là.

Florine regardait fixement devant elle. Antonin s'était assis à la place qu'occupait la voisine un instant auparavant. Il était très abattu. Au bout de quelques instants, Florine dit :

— Va chercher Augustine. Tu vois qui c'est ?

Antonin hocha la tête en guise d'acquiescement.

— Demande-lui de venir pour finir de préparer la soupe.

Florine s'était levée et avait retiré son tablier.

— Où allez-vous ?

— Voir la police. Il y a un malentendu. Eugène est incapable de se défendre, c'est normal qu'il ait été arrêté si tu me dis qu'il avait du sang sur les mains.

— Voir la police ? Vous êtes sûre ?

— Oui, ne t'inquiète pas. Je sais que tu n'aimes pas la police, mais elle est là pour protéger les honnêtes gens.

Antonin fronça les sourcils. Et lui, il n'était pas honnête ? Disons qu'il était honnête à sa façon.

— Je serai de retour dans une demi-heure au plus. Peut-être pas avec Eugène s'il est déjà incarcéré, mais il sera libéré demain ou je ne m'appelle plus Florine.

Lorsqu'Antonin quitta le cent cinquante et un de la rue de Belleville, Florine n'était pas encore rentrée. Il était préoccupé. Un petit vendeur de journaux, un gars de sa bande, criait :

— Un homme d'affaires sauvagement poignardé par un aliéné dans son hôtel particulier ! Demandez le Petit Journal ! Un sou !

III

— Non, Antonin. Quand je dis non, c'est non.

Louise faisait sa mauvaise tête.

— Tu me mets dans un sacré embarras, Louise !

Elle le savait bien, qu'il était embêté. Mais ce n'était pas une raison.

— C'est un pervers, ton Mortemart, avec ses trucs chinois, et tous ses amis qui veulent qu'on leur fasse des choses dégoûtantes… Et puis, il y a leur truc, là, leur opio…

— Leur opium ?

— C'est de la saleté… Tu ne sais plus ce que tu fais après… Il y a des filles qui en deviennent dingues. Elles feraient n'importe quoi pour aller à une soirée, rien que pour en fumer.

Antonin baissait la tête. La préparation de la soirée de Mortemart virait au cauchemar. Son fournisseur d'opium avait sacrément augmenté ses tarifs. Il avait dû négocier âprement, mais, même avec une réduction, c'était bien plus cher que ce que Mortemart payait d'habitude. Par ailleurs, il avait eu toutes les peines du monde à trouver quelqu'un pour remplacer Gilberte. Et maintenant, voilà que Louise lui claquait entre les doigts. Une fille sur laquelle il croyait pouvoir compter… C'était important, pour lui, cette soirée. Il espérait en tirer dans les trente-cinq francs. Une fortune ! Sa mère, quand elle travaillait faubourg de Temple, ne gagnait pas ça en quinze jours ! Louise eut pitié de lui.

— Elle va comment, ta maman ?

Antonin répondit par un mouvement d'épaules. Il était découragé.

— Écoute… Va voir Léonie de ma part. Tu la trouveras du côté de Saint-Eustache. Tu n'as qu'à demander la Lionne. Une grande fille, avec des cheveux châtains. Elle a l'habitude de ce genre de soirées. Elle sait comment se tenir.

*

Avec tout ça, Antonin ne s'était pas préoccupé de Florine. Avait-elle réussi à faire libérer Eugène ? Il était près de cinq heures lorsqu'il remonta la rue de Belleville. Les abords du cent cinquante et un étaient étrangement calmes. Lorsqu'il poussa le portillon de l'immeuble, il trouva quelques voisines en grande discussion sous le porche. Elles avaient l'air inquiètes.

— Florine n'est pas là ?

La mère Taupin le regarda d'un air étonné :

— Tu n'es pas au courant ? Florine a été emmenée par des sergents de ville ce matin. Georgette est allée se renseigner au poste de police, elle a été arrêtée et emmenée à Saint-Lazare.

Antonin se figea. Il lui sembla que tout son sang avait reflué en lui. Florine arrêtée ! Florine à Saint-Lazare !

— Tu ne te sens pas bien, Antonin ?

— Si, si, ça va.

Non, il ne se sentait pas bien. Pas bien du tout. Il lui avait dit, à Florine, de se méfier. Et lui, qui avait passé la journée à s'occuper de trouver des filles et de l'opium pour ce débauché de Mortemart ! Il s'en voulait. Il s'en voulait pour tout ce temps perdu. Mais qu'aurait-il pu faire ? Antonin sortit sous l'œil compatissant des commères. Un brave petit, cet Antonin. Si elles avaient su à quel trafic il se livrait !

Une fois dehors, il s'éloigna du cent cinquante et un et s'adossa à un mur. Pour maîtriser l'émotion qui le submergeait et l'empêchait de réfléchir. Florine à Saint-Lazare. Au milieu des prostituées. Florine en enfer. Car c'est ainsi que toutes celles qui étaient passées par Saint-Lazare décrivaient ce lieu où elles avaient croupi dans la crasse et les immondices. La même question revenait en boucle. Que pouvait-il faire ? Lui, rien. Alors, qui ? Qui pouvait l'aider ? Mortemart ? Il ne fallait pas y compter. Un égoïste qui ne pense qu'à son plaisir. Montignac ? Hum. Il ne lui faisait que modérément confiance. Avec lui, ça avait toujours été donnant-donnant. Était-il capable de s'engager de manière désintéressée dans une affaire comme celle-là ? Et, d'ailleurs, que pourrait-il faire ? Il n'était qu'un obscur journaliste dont la signature ne figurait même pas au bas des articles qu'il écrivait. La seule personne qui fût susceptible de l'aider, c'était Madame de Grimonpré. En dehors de Florine, c'était bien la seule personne qu'il connaissait à qui il accordait le crédit d'avoir un cœur. Mais Madame de Grimonpré était inaccessible. C'était Héra trônant sur l'Olympe. Comment voulez-vous que lui, Antonin, gamin des rues qui se lavait une fois tous les quinze jours aux bains publics et qui vivait de petits boulots, d'un peu de mendicité et de quelques trafics peu avouables, ose aller solliciter Madame de Grimonpré chez elle ?

Il fallait y aller. Pour Florine. C'était la seule solution.

*

Antonin était un garçon plutôt soigneux. Mais comment éviter qu'un pantalon s'use, qu'une blouse s'accroche, que le col d'une chemise noircisse ? Alors, mettez-vous à la place du domestique d'une dame comme il faut, veuve d'un membre du Conseil d'État, que voulez-vous qu'il fît lorsqu'un adolescent aux cheveux coupés de manière irrégulière, à la propreté approximative, aux vêtements poussiéreux et aux chaussures crottées se présenta pour parler à Madame ? Il se hâta de refermer la porte. Fort heureusement pour

Antonin, il se trouvait qu'à ce moment précis[1], Madame descendait l'escalier qui débouchait dans l'entrée.

— Laissez, Edgar, je connais ce jeune homme. Je vais le recevoir dans le cabinet de Monsieur.

Edgard rouvrit donc la porte et fit entrer Antonin, non sans le gratifier d'un de ces regards hautains que les domestiques réservent aux créanciers et aux quêteurs. Une fois qu'il eut pénétré dans le petit cabinet, l'assurance d'Antonin fondit aussitôt. Dans le décor raffiné de la petite pièce, sur le tapis d'Orient qu'il n'osait pas fouler de peur d'y laisser des traces, entre les murs lambrissés jusqu'à mi-hauteur, devant le bureau qu'on avait laissé dans l'état où il se trouvait le jour du décès de Monsieur et dans la pénombre qui régnait, car on laissait les volets intérieurs à demi fermés, la démarche qu'Antonin s'était résolu d'entreprendre lui parut déplacée. Il restait là, bouche bée, tordant sa casquette entre ses mains qui portaient encore les traces des travaux de terrassement qu'il avait effectués la veille et n'osait pas regarder Madame de Grimonpré, pourtant descendue de l'Olympe pour écouter cet adolescent attachant que Mortemart pervertissait jour après jour.

— Eh bien, Antonin, qu'as-tu de si important à me dire que tu sois venu jusqu'ici ?

Antonin prit une longue inspiration et se lança. Il se lança dans un panégyrique embrouillé de l'action bienfaitrice de Florine qui plongea Madame de Grimonpré dans la perplexité. Il comprit très vite qu'il faisait fausse route et s'interrompit au milieu d'une phrase. Madame de Grimonpré le regarda avec bienveillance et lui dit :

— Reprenons tout à zéro. Que s'est-il passé de grave et qui te met dans cet état ?

Antonin baissa les yeux. Il dit d'une voix mal assurée :

---

1 L'auteur ne peut que se féliciter de cet heureux concours de circonstances.

— Il y a à la Courtille un garçon qui s'appelle Eugène et qui est un peu attardé. Il ne sait pas parler et gagne sa vie en rendant service autour de lui.

— Eh bien, qu'est-il arrivé à Eugène ?

— Il a été accusé du crime dont on a parlé ces jours-ci dans les journaux.

Madame de Grimonpré hocha la tête. Oui, elle avait entendu parler de cette histoire.

— Or, au moment des faits, il avait été recueilli par Mademoiselle Florine, dont je vous ai parlé, et qui accueille souvent des miséreux pour la nuit.

— D'accord…

— Donc, ça ne peut pas être lui !

— Je comprends… Mais que puis-je faire ?

— Attendez, ce n'est pas fini ! Lorsque j'ai appris à Mademoiselle Florine qu'Eugène avait été arrêté, elle est allée au poste de police pour témoigner.

— C'est normal, j'aurais fait la même chose à sa place.

— Elle a été arrêtée ce matin et emmenée à Saint-Lazare.

Antonin prononça le mot de Saint-Lazare avec des sanglots dans la voix. Il lui était impossible de s'imaginer Florine à Saint-Lazare sans être aussitôt submergé par l'émotion.

— Je comprends… Mais c'est un malentendu ! Il sera vite dissipé !

— Dans combien de temps ! Une semaine ? Un mois ? Florine ne survivra pas un mois à Saint-Lazare ! Vous avez entendu parler de Saint-Lazare ? C'est l'enfer ! Pire que l'enfer ! Il faut faire quelque chose… Oh, Madame… Vous qui êtes si bonne !

Madame de Grimonpré fut touchée par le désespoir de ce gaillard qui était soudain redevenu un enfant devant elle. Il ne lui vint à aucun moment l'idée de remettre en question sa sincérité. Elle se sentit le devoir de l'aider. Mais que pouvait-elle faire ? L'affaire paraissait complexe. Elle avait fait les gros titres des journaux, ce qui n'était pas bon signe. Si elle ne partageait pas les préventions d'Antonin contre la justice impériale, près de dix années de vie commune avec un conseiller d'État lui avaient appris qu'elle prenait parfois des chemins tortueux. Il faudrait d'abord savoir dans quelle situation se trouvait cette Florine. L'avait-on simplement arrêtée pour les besoins de l'enquête ou avait-elle été inculpée ? Si c'était le cas, pour quel motif ? Comment savoir ?

Antonin la regardait avec des yeux pleins d'espoir. Elle ne pouvait pas le décevoir. Inutile de passer par Mortermart, il ne lèverait pas le petit doigt. Peut-être pourrait-elle en parler au baron Haussmann ? Son défunt mari, Honoré de Grimonpré, connaissait bien Georges-Eugène Haussmann. Elle avait rencontré plusieurs fois le préfet de la Seine et continuait de le voir de loin en loin lors de réceptions. Elle posa la main sur l'avant-bras d'Antonin et lui dit :

— Je vais essayer de faire quelque chose. Je ne te promets rien, mais je ne laisserai pas tomber cette Mademoiselle Florine dont tu me dis un si grand bien.

Antonin sourit et voulut la remercier. Mais comment remercie-t-on une grande dame ? Les mots se bousculaient dans sa tête, qui lui paraissaient tous moins appropriés les uns que les autres.

— Allez, va mon garçon, je suis sûre que tu as beaucoup de choses à faire.

IV

Kléber Jacques Montignac (appelez-moi Jacques !) naquit le 18 février 1838 à Mazamet, dans le département du Tarn. Il était le deuxième d'une famille de cinq enfants. Son frère aîné mourut de la rougeole alors qu'il avait sept ans. Il avait trois sœurs cadettes, dont l'une prit le voile. Son père, Kléber François Montignac, avait monté un commerce de drap assez florissant. C'était un homme autoritaire et qui s'emportait facilement. Sa mère, née Jeanne Amélie de Noailhac, était une femme effacée et très croyante.

Son oncle, Léonce François Montignac, était libre penseur et républicain, ce qui constituait, dans les années 1830, un sérieux handicap pour quiconque voulait trouver une femme légitime. Il en avait pris son parti et butinait de fleur en fleur. N'ayant pas d'enfant, entendez par là pas de descendant mâle légitime, il s'était pris d'affection pour le jeune Jacques et avait décidé de faire son éducation. Le père de Jacques voyait cela d'un mauvais œil, mais, que voulez-vous, il avait autre chose à faire que de s'occuper d'un moutard. Léonce François vivait d'expédients. Il était l'un des principaux contributeurs de la gazette locale. Une gazette qui affichait des opinions favorables au gouvernement, quel qu'il fût, ce dont Léonce François paraissait s'accommoder. Il fallait bien vivre.

Léonce François emmenait régulièrement le jeune Jacques au journal. Jacques aimait l'ambiance qui y régnait, la camaraderie émaillée d'engueulades entre les journalistes, la frénésie au moment du bouclage, la dextérité des typographes qui composaient les plaques, l'odeur de l'encre… Il résolut de devenir journaliste. Son père ne l'entendait pas de cette oreille et il fut contraint d'entamer des études de droit à Toulouse. Fort opportunément pour son fils, Kléber François mourut subitement à la fin de l'année 1859. Jacques abandonna aussitôt ses études et, muni d'un petit pécule soutiré à sa mère et augmenté par son oncle, il fila à Paris où l'attendait, il en était sûr, un poste d'éditorialiste dans un grand journal d'opinion.

Il déchanta. Durant les six premiers mois de sa vie parisienne, il fit le siège de tous les journaux pour décrocher un rendez-vous au cours duquel il pourrait proposer les papiers qu'il écrivait le soir dans sa chambre sous les combles à l'hôtel des courants d'air. Son pécule fondit rapidement et il dut se résoudre à trouver des petits boulots : répétitions de français à des jeunes morveux du faubourg Saint-Germain, déchargement de cageots à six heures du matin à l'arrivée des maraîchers, déblaiement de gravats dans l'un des nombreux chantiers de la capitale… Il plaça son premier article en septembre 1860. Un article sur la visite de l'empereur à Marseille avant son départ pour Alger. Une visite à laquelle il n'avait, bien entendu, pas assisté. Il aurait aimé fêter dignement l'événement, mais que faire avec trois cents grammes de pain rassis et une cruche d'eau !

La chance tourna lorsqu'il fit la rencontre de Moïse Polydore Millaud[11]. Un type assez extraordinaire. L'inventeur du journal à un sou : *Le Petit Journal*. Vous me direz : un journal à un sou, bon, qu'est-ce que ça a d'exceptionnel ? En réalité, l'innovation ne résidait pas dans le prix, même si la plupart des concurrents étaient à deux ou trois sous. L'innovation, c'était le public visé. La presse, jusqu'alors, s'adressait à des gens relativement éduqués, qu'ils fussent conservateurs ou libéraux. Des gens qui votaient[12] et que la politique intéressait. Les lecteurs du *Petit Journal*, c'étaient tous les gens qui savaient lire. C'est-à-dire un public beaucoup plus large. Bien sûr, pour intéresser ces gens-là, il ne fallait pas leur servir des comptes rendus de débats à l'Assemblée ou des analyses sur les incessants remaniements ministériels. Ce qu'il fallait, c'étaient des faits divers, des feuilletons, des horoscopes… Millaud disait à qui voulait l'entendre : « Il faut avoir le courage d'être bête. »

Le pari était audacieux et les plus optimistes ne donnaient pas deux mois au *Petit Journal* pour faire faillite. Mais Millaud était un visionnaire. Il fut l'un des premiers à investir dans des rotatives importées d'Angleterre, laissa une large place à la réclame dans les colonnes du journal et le fit distribuer chaque soir par des vendeurs à la criée. *Le Petit Journal* devint rapidement, et de loin, le plus gros tirage de la presse parisienne.

Jacques se paya le culot de demander un rendez-vous à Moïse Millaud. Il lui raconta comment il avait placé la critique d'un spectacle qu'il n'avait pas vu au *Siècle*[13]. Le jeune homme plut à Millaud, qui le prit tout d'abord à l'essai puis l'embaucha. Le soir même, il écrivit à son oncle : « Ça y est, je suis journaliste. »

Évidemment, ce n'était pas tout à fait le type de poste qu'il visait. Montignac, qui rêvait de devenir une plume redoutée par les hommes politiques les plus influents de l'époque, était occupé, en ce 3 juillet 1863, à tirer les vers du nez de l'assistant d'un chirurgien légiste au sujet d'un crime crapuleux.

— La victime est morte au début de la nuit, sans doute aux alentours de minuit, d'un enfoncement de la boîte crânienne.

L'homme qui lui faisait face était petit et râblé. Il avait un visage jovial, des joues couperosées et des cheveux poivre et sel d'une propreté douteuse. Montignac s'étonna :

— Un enfoncement de la boîte crânienne ? On dit partout qu'il a été poignardé ! Le criminel avait les mains pleines de sang…

L'homme se resservit un plein gobelet de vin.

— Ça, ce sont les journaux qui le disent. Moi je vous livre les conclusions de mon patron.

Pas que les journaux… Un policier bien informé, que Montignac avait rencontré la veille, lui avait confirmé le fait !

— Mais alors… les coups de couteau ?

— Ils ont été donnés post mortem. Sans doute quelques heures plus tard parce qu'il y avait très peu de sang sur le cadavre.

Montignac secoua la tête. C'était à n'y rien comprendre.

— Comment expliquez-vous ça ?

L'homme prit une longue inspiration.

— Je dirais qu'on a cherché à brouiller les pistes. Mais c'est une opinion personnelle.

— Votre patron a transmis son rapport à la police ?

— Bien sûr.

L'homme n'en dirait pas plus. Il avait vidé son verre et attendait sa rétribution.

*

Lorsque Montignac sortit de l'estaminet, il était abasourdi. Quelle histoire ! Pourquoi assassiner Langis deux fois ? Ça n'avait aucun sens ! Il lui fallait marcher. Montignac avait besoin de respirer l'air frais du dehors. Allez donc réfléchir dans un bistrot ! Il prit à gauche dans la rue Rambuteau.

— M'sieur !

Antonin… C'était Antonin, bien sûr ! Comment avait-il su qu'il pourrait le trouver ici ? C'était agaçant, la capacité de ce gamin d'apparaître là où on ne l'attendait pas.

— Qu'est-ce que tu me veux ?

— Ça vous intéresse de parler à quelqu'un qui a passé une partie de la nuit non loin de la maison de Langis au moment du crime ?

— Dis toujours…

— Ça vous coûtera une pièce de cent sous et un pichet de vin.

Cent sous ! Mais il s'imaginait quoi, ce gamin ? Qu'il était riche à millions ? Le médecin des morts lui avait coûté dix francs, c'était largement suffisant pour aujourd'hui. Pour ce qu'il pourrait faire de ce qu'il avait appris… Montignac s'apprêtait à tourner le dos à Antonin lorsqu'il se ravisa. Le matin même, Antonin lui avait raconté une histoire à dormir debout. Que l'assassin avait été hébergé la nuit du crime par une dame comme il faut, que celle-ci avait été faire une déposition à la police et que ladite dame comme il faut avait été arrêtée le lendemain matin. Comme si la police arrêtait des dames comme il faut ! (Et comme si Antonin pouvait connaître des dames comme il faut !) À la lumière de ce que lui avait révélé l'apprenti du chirurgien légiste, la fable racontée par le gamin lui parut beaucoup moins improbable.

— Je peux le voir où, ton témoin ?

— Suivez-moi.

*

Une gargote comme on n'en trouve qu'à la Courtille. Une salle sombre et enfumée. Un mauvais vin apporté par une matrone peu engageante. Autour de lui, des visages peu amènes qui le dévisageaient, lui, le bourgeois égaré dans un monde qui n'était pas le sien. Montignac n'était guère rassuré. Seule la présence d'Antonin le préservait d'être égorgé par cette bande de rufians. Du moins c'était ce que pensait Montignac qui, comme on peut le constater, était bourré de préjugés.

Le témoin auquel Antonin l'avait présenté était un de ces pauvres bougres qui couchent une nuit sur deux à l'hôtel de la belle étoile. Visage émacié, cheveux en bataille, moustache en brosse, chemise crasseuse, l'homme louchait vers le pichet de vin dont Montignac ne lui servait qu'un demi-gobelet à la fois.

— C'est comme je vous le dis. J'ai vu de la lumière à la fenêtre du premier étage et des ombres qui remuaient. Ça avait l'air de chauffer à l'intérieur. Un peu après, j'ai vu trois hommes sortir de la maison. Il était un peu plus de minuit vu que je venais d'entendre sonner les douze coups.

— Vous pourriez me les décrire ?

— Vaguement… Y avait un type très grand, qui toucherait le plafond s'il débarquait ici.

Montignac évalua la taille de l'homme à plus de six pieds. L'autre, en face, s'était tu et se curait les dents qui lui restaient avec un ongle crasseux. Montignac comprit qu'il attendait une nouvelle rasade de vin.

— Le deuxième avait le crâne rasé et une boucle d'oreille en or. Un type qu'on n'aimerait pas rencontrer dans la rue. Une sale tête.

Nouvelle pause. Cette fois Montignac ne bougea pas. Il se contenta de faire tourner une pièce de cinq francs entre ses doigts. Une belle pièce en argent… L'autre soupira et dit :

— Le troisième, c'est un type assez carré, qu'on voit parfois traîner dans les parages. Il a une balafre sur la joue et un foulard rouge autour du cou.

Montignac vida la cruche dans le gobelet. Il en savait assez.

V

Madame de Grimonpré était préoccupée lorsqu'elle débarqua chez Mortemart. Celui-ci l'avait fait mander, ce qui n'était pas son habitude. Mais ce n'était pas ce qui la tracassait. L'entrevue de la veille avec Haussmann n'avait guère été concluante. Le baron l'avait accueillie avec beaucoup de courtoisie et avait écouté sa requête, mais il s'était montré réservé. Cette affaire relevait du préfet de Police, Symphorien Boittelle[14], et il répugnait à marcher sur ses platebandes. En outre, le ministre de l'Intérieur, Victor de Persigny, venait d'être remplacé par un nouveau venu, Paul Boudet, ce qui risquait de compliquer la situation. Tout ce qu'il pouvait faire, c'était demander que la prévenue, cette dame Florine, comme l'appelait Madame de Grimonpré, soit traitée avec humanité et qu'elle ne croupisse pas à Saint-Lazare. Madame de Grimonpré ne doutait pas que le baron tienne sa promesse, c'était un homme de parole. Mais elle attendait plus de son entrevue. Ne pouvait-on pas libérer Florine en attendant une décision de justice qui, à n'en pas douter, la laverait de tout soupçon ? Ses espoirs furent douchés lorsqu'elle reçut un billet que le baron lui fit parvenir en fin de journée lui annonçant que le procès de Florine se tendrait dans les jours qui suivaient. Mauvaise nouvelle. Comment préparer la défense de Florine en si peu de temps ?

Mortemart la reçut dans son bureau. Pas de costume chinois. Il la toisa d'un air hautain et ne lui proposa pas de s'asseoir. Il lui dit sur un ton glacial :

— Tu es allé voir Haussmann hier matin ?

Madame de Grimonpré ne s'attendait pas du tout à cette question. Elle ouvrit de grands yeux :

— Oui, comment sais-tu ça ?

— J'ai des relations à la préfecture de police. Il paraît que tu lui as demandé d'intercéder pour une maquerelle du nom de Florine qui vient d'être arrêtée.

Madame de Grimonpré manqua de suffoquer. Mademoiselle Florine, une maquerelle ! Qu'en savait-il ? Mortemart poursuivit :

— De quel droit te mêles-tu d'une affaire qui ne te concerne pas ? De quel droit *me* mêles-tu à cette histoire sordide ?

Il avait insisté sur le « me ».

— Je ne t'ai pas mêlé…

Mortemart lui coupa la parole :

— Tu crois qu'on ne connaît pas notre liaison ?

Il laissa passer un temps avant d'ajouter :

— Tu oublies ce que tu me dois ? Que serais-tu devenue si je ne t'avais pas aidée à mettre la main sur l'héritage de Grimonpré ?

Madame de Grimonpré blêmit. L'insinuation de Mortemart l'avait profondément blessée. Elle dit d'une voix blanche :

— Je n'ai pas mis la main sur l'héritage d'Honoré, comme tu le dis. Je n'ai eu que ce à quoi j'avais droit. Il m'avait fait une donation devant témoins.

— En tout cas, ce n'est pas ce que pensaient ses neveux !

Madame de Grimonpré était abasourdie. Pantelante. Pourtant, elle tenta de plaider la cause de Florine :

— Cette jeune femme, contrairement à ce que tu prétends, est une personne honnête qui consacre sa vie et son argent à secourir des personnes dans le besoin.

— Ah oui ? Tu travaillais pour elle quand tu courais après le bourgeois à la sortie des théâtres du boulevard du Temple[15] ?

Madame de Grimonpré dut faire un effort violent pour ne pas éclater en sanglots. C'était ignoble ! Il savait bien que c'était faux ! Elle baissa la tête et se retira sans dire un mot. Mortemart la regarda sortir avec un rictus. Il était assez satisfait de l'avoir humiliée. Elle ne recommencerait pas de sitôt à se mêler de ses affaires.

*

Lorsque Madame de Grimonpré quitta l'hôtel particulier de Mortemart, elle était chancelante. Le goujat ! Pourquoi avait-il fait ça ? Pourquoi ce mépris ? Cette volonté de la rabaisser ? De l'outrager ? Madame de Grimonpré avait appris à connaître la nature ambivalente du personnage. Il pouvait se montrer charmeur un jour et odieux le lendemain. Elle en avait pris son parti. Mais c'était la première fois qu'il s'en prenait à elle de manière aussi violente. La première fois qu'il l'humiliait de la sorte.

Marie-Adélaïde de Grimonpré était la fille illégitime d'un général d'empire et d'une lingère d'Angoulême. Elle avait été élevée par une nourrice, puis placée dans une institution religieuse où elle était restée jusqu'à l'âge de dix-sept ans. C'était une adolescente rêveuse et passionnée de théâtre classique. Elle avait dévoré Corneille, Molière et Racine et connaissait certains rôles par cœur. Lorsque le général mourut, ses héritiers ne jugèrent pas utile de continuer de payer la pension que réclamait l'institution et elle fut mise à la porte. Elle trouva un emploi de modiste, métier qu'elle exerça deux ans. Sa passion pour le théâtre n'avait pas faibli : ces deux années d'une existence faite de privations et d'une obéissance docile à sa patronne ne firent que renforcer son désir de devenir actrice. Lorsqu'elle eut mis suffisamment d'argent de côté, elle casa tout ce qu'elle possédait dans un sac en cuir acheté chez un fripier et partit pour la capitale.

Inutile de vous dire que les premiers mois furent difficiles. Marie-Adélaïde connut la misère. Comment décrocher un petit rôle sans payer de sa personne auprès d'un directeur de théâtre ou d'un journaliste ? Marie-Adélaïde tint bon et la chance lui sourit. Elle apprit un jour que l'actrice qui devait jouer le soir même le rôle de Nicole, dans *Le Bourgeois Gentilhomme* au théâtre

Bagatelle-Daubigny, s'était cassé le poignet. Comme elle connaissait le rôle par cœur, elle se présenta et exhiba un programme du théâtre municipal d'Angoulême en prétendant qu'elle était l'actrice dont le nom figurait sur la page de couverture. Elle obtint de remplacer au pied levé la titulaire. La représentation fut un triomphe et, le soir même, elle signait son premier contrat.

C'est dans le rôle d'Agnès qu'elle fit la conquête d'Honoré de Grimonpré. Celui-ci tomba follement amoureux d'elle. L'attirance fut réciproque et ils se marièrent trois mois plus tard. L'allégeance sans faille de Grimonpré à l'empereur et sa proximité avec le baron Haussmann firent taire les mauvaises langues. Marie-Adélaïde abandonna le métier d'actrice, mais resta une grande amatrice de théâtre.

Malheureusement, Grimonpré mourut accidentellement au cours de l'année 1859. Honoré avait fait don à son épouse d'une partie de ses biens. La famille de Grimonpré, qui avait accepté de mauvaise grâce son mariage avec une actrice, entendit faire rendre gorge à Marie-Adélaïde. Les neveux du conseiller d'État contestèrent la validité de la donation devant le tribunal. La bonne société sait se taire lorsqu'un homme influent déroge à ses règles, mais elle ne manque pas de prendre sa revanche dès qu'il a disparu. Marie-Adélaïde se vit abandonnée de tous du jour au lendemain.

C'est alors que Mortemart était apparu. Il était très attiré par cette jolie femme à la fois élégante et raffinée. Il se voyait bien parader à son bras dans les réceptions. Il se montra charmant et délicat et, en parfait homme du monde, offrit de l'aider. Mortemart était un proche d'Alfred de Coursigny, un banquier auquel le baron Haussmann faisait appel pour financer ses travaux. La bonne société ravala son fiel et les neveux de Grimonpré rentrèrent bredouilles dans leur province.

Mortemart ne tarda pas à présenter la note à Madame de Grimonpré. Il se fit de plus en plus pressant, mais sut y mettre les formes, l'invitant dans les restaurants les plus raffinés et lui offrant, au moment de l'entremet, une perle ou un diamant. Marie-Adélaïde céda à ses avances et devint sa maîtresse. Elle vécut heureuse une année entière. Disons plutôt qu'elle vécut cette année dans le déni, méprisant les commérages au sujet des parties fines organisées par son amant amateur de chinoiseries. Lorsqu'il ne lui fut plus possible d'ignorer la vérité, elle exigea des explications. Il lui répondit avec cynisme qu'elle ne pouvait pas satisfaire tous ses désirs. Elle en fut mortifiée, peut-être même se sentit-elle coupable. Mais pouvait-elle se résigner à jouer aux yeux du monde le rôle de la femme trompée ? Certes, elle pouvait vivre des revenus des biens que lui avait donnés son défunt mari, mais Mortemart laissait habilement planer le doute sur le fait que cette donation pouvait être révoquée à tout moment par l'empereur. Si par exemple, Coursigny prenait le parti des neveux de Grimonpré… Elle ravala sa honte et n'en parla plus. Peut-être caressait-elle aussi l'espoir de reconquérir le cœur de son amant ? De retrouver le Mortemart des premiers temps ? Des temps qui n'étaient pas si lointains… Deux ans ! Un homme pouvait-il changer à ce point en deux ans ?

Madame de Grimonpré rentra chez elle très abattue. Allait-elle, comme l'autre fois, se laisser faire ? Jouer la femme amoureuse et soumise ? L'était-elle encore, amoureuse ? N'était-ce pas par orgueil qu'elle cherchait à le reconquérir, l'orgueil d'une femme blessée, trompée au vu et au su de tout le monde ? Non, elle ne pouvait pas laisser passer ça. Que risquait-elle ? L'empereur pouvait-il vraiment casser une décision de justice prise deux ans auparavant ? Le jugement s'appuyait sur les témoignages de collègues d'Honoré au Conseil d'État, pouvaient-ils revenir sur leur témoignage ? Madame de Grimonpré songea à Antonin. À cette demoiselle Florine injustement incarcérée. Et elle était en train de mettre en balance cette injustice flagrante avec son petit confort personnel ?

C'était indigne d'elle. Il fallait qu'elle fasse quelque chose. Mais quoi ? Mademoiselle Florine avait été arrêtée. Elle était accusée de proxénétisme à en croire Mortemart. Elle allait être jugée dans les jours à venir. La chose la plus urgente à faire était de préparer sa défense. De lui trouver un avocat. Mortemart, on verrait plus tard.

Lousteau. Adolphe Lousteau était un jeune avocat que connaissait Honoré de Grimonpré et qui avait travaillé sur des affaires qu'il avait eues à traiter au Conseil. Lousteau était un jeune homme bien élevé, un peu suffisant, mais qui fit bonne figure lorsque le couple l'invita à une réception que le conseiller avait organisée chez lui. Depuis, il avait pris l'habitude de venir régulièrement aux soirées que Madame de Grimonpré tenait le premier et le troisième mercredi du mois. Des soirées qu'elle avait suspendues après le décès d'Honoré, mais qu'elle avait reprises lorsqu'elle avait compris que Mortemart la trompait. Des soirées sans faste, avec des proches du couple et quelques amies de Marie-Adélaïde. Lousteau était sans doute amoureux d'elle. Elle en plaisantait avec ses amies. Mais il savait conserver une distance respectueuse, ce qui n'était pas si fréquent.

Elle décida de demander à Lousteau de défendre Mademoiselle Florine.

VI

— Qu’est-ce que tu fais encore ici, toi ?

Antonin plongea le nez dans son bol de soupe. Catherine, cinq pieds, six pouces, cent soixante-cinq livres, s’était interposée entre le majordome et lui.

— C’est moi qui lui ai dit de rester pour boire un bol de soupe. Vous voyez bien que ce gamin n’a rien dans le ventre !

Les femmes ont de ces intuitions… Antonin n’avait rien mangé avant de partir parce qu’il n’y avait plus rien à manger chez lui. Catherine lui resservit de la soupe. Le majordome s’était replié prudemment.

— Mange, mon gars. Elle va comment, ta maman ?

Antonin leva vers elle des yeux pleins de tristesse.

— Pas très bien. Il faudrait qu’elle puisse voir un médecin.

Catherine poussa un soupir. Si ça ne dépendait que d’elle… Et Mortemart, il ne pourrait pas faire quelque chose ? Quand on pense à tout cet argent jeté par les fenêtres pour ses chinoiseries et ses soirées. Des soirées ? Vous voulez dire des parties fines ! Elle ne se faisait plus d’illusion sur son patron, Catherine. Gustave, le valet de chambre de Mortemart entra dans la cuisine. Il tenait à la main une paire de bottines couvertes de poussière blanche.

— Visez-moi l’état dans lequel il a mis ses bottines ! Une paire toute neuve. Elles sont abîmées, en plus. Il a dû marcher dans la caillasse. Je me demande où il a traîné hier soir !

Antonin le savait. Il n’y avait qu’un endroit, à Paris, où on pouvait salir ses bottines de cette façon. Mais ça n’était pas ses affaires. Et les affaires d'Antonin n'allaient pas très bien. Hugues de Mortemart l'avait reçu de fort méchante humeur et avait marchandé chaque poste du devis qu'il lui avait soumis. Antonin était ulcéré. Pour un peu, il aurait tout laissé tomber. Tant pis pour sa soirée, Mortemart se débrouillerait pour trouver quelqu'un d'autre. Il verrait qu'ils n'étaient pas si nombreux à en être capables. Mais il avait fait le dos rond. Il avait trop besoin de l'argent de Mortemart. C'était quand même dur à avaler. Il pouvait tout au plus espérer gagner vingt-cinq francs sur ce coup-là, alors qu'il en espérait trente-cinq. Et puis il y avait Florine, dont il n'avait pas de nouvelles. Madame de Grimonpré lui avait dit qu'elle avait demandé à un avocat de s'en occuper, mais Antonin se méfiait autant de la justice que de la police. La justice, c'était fait pour les riches. Lorsqu'il eut terminé sa soupe, il prit congé.

— Tiens, prends ça.

Catherine lui tendit un pain de deux livres à peine entamé. Antonin hésita.

— Vas-y, tu peux l'emporter. Monsieur de Mortemart exige d'avoir du pain frais tous les jours.

VII

— Imaginez un crapaud. (Lousteau gonfla ses joues et rentra la tête dans ses épaules.) Un crapaud avec une toque, des bésicles, un jabot et une robe noire. Un crapaud qui agite un marteau et une clochette. « La parole est à l'accusation ! »

Lousteau avait prononcé ces mots sur un ton solennel.

— Se lève alors un cormoran qui étale ses ailes et prend une longue inspiration. (Lousteau inspira.) Il nous fait la description d'une femme gérant un hôtel de passe avec la sournoiserie de la plus cupide des mères maquerelles. On se tourne à droite, à gauche. Qui est cette femme ? Certainement pas Mademoiselle Florine, qui écoute avec dignité !

Une pause. L'avocat Lousteau savait tenir en haleine son auditoire.

— On appelle le premier témoin de l'accusation. La belette de la fable. Nez pointu, petits yeux, moustache. Une femme à qui vous n'eussiez pas prêté votre mouchoir, même souillé, de peur qu'elle exige cent sous pour vous le rendre. On lui pose des questions auxquelles elle n'a qu'à répondre par l'affirmative, ce qui lui évite de s'embrouiller. Je lui pose à mon tour une question, elle dit oui, puis non, puis je ne sais pas.

Nouvelle pause.

— Le deuxième témoin est un coq qui avance avec une démarche saccadée en donnant des coups de tête. Lui ne comprend rien à rien. Il émet des petits bruits, se fait répéter les questions et répond à côté.

Monsieur Robert riait à gorge déployée. À voir les joues et le nez de Monsieur Robert, on voyait tout de suite que c'était un bon vivant. Madame Robert poussa de petits couinements en mettant la main devant sa bouche. À côté d'elle, Madame Legras se faisait répéter ce que disait Lousteau. Madame Legras était un peu sourde. Le conseiller d'Hauterive souriait poliment. On pouvait certes rire de tout, mais la justice méritait un certain respect. Madame d'Hauterive adoptait la même attitude. Elle imitait en tout son mari. Lousteau surveillait le conseiller du coin de l'œil. Il comprit qu'il lui fallait abréger :

— Vous comprendrez qu'après cela j'ai eu la partie facile. Mes témoins étaient bien plus honorables que les marionnettes agitées par l'accusation !

Madame de Grimonpré regarda Lousteau avec gratitude. Mademoiselle Florine allait être libérée, ça ne faisait aucun doute. On s'apprêtait à se lever. Les messieurs pour jouer au whist, les dames pour parler au salon. Lousteau conclut :

— L'affaire est mise en délibéré. Le jugement sera rendu sous quinzaine.

Madame de Grimonpré fronça les sourcils. Quinze jours que Mademoiselle Florine devrait passer en prison. Quelle injustice !

VIII

Vous n'avez probablement pas été invité(e) à la réception qu'a donnée le banquier Alfred de Coursigny en l'honneur des huit ministres nommés par l'empereur le 23 juin dernier. Rares étaient ceux qui avaient ce privilège.

Alfred de Coursigny avait vu les choses en grand. (D'aucuns disaient qu'il voulait se faire pardonner son soutien trop visible au parti ultramontain.[16]) La salle d'apparat de son hôtel particulier avait été entièrement débarrassée et aménagée pour accueillir les nombreux invités, personnages influents de la cour, ministres, financiers, ambassadeurs, hommes de presse, artistes officiels... Imaginez une grande pièce ouvrant sur la cour d'honneur par de hautes fenêtres encastrées dans l'épaisseur du mur et qu'on pouvait occulter par des volets intérieurs en bois blanc ornés de grotesques. Entre chaque fenêtre, des pilastres surmontés de chapiteaux ioniques. Sur le mur opposé, la même succession de pilastres aux cannelures soulignées par un filet doré, ces paires de demi-colonnes en vis-à-vis n'ayant pas d'autre fonction que décorative puisque le plafond était dépourvu de poutres. Trois énormes lustres ruisselant de pétales de cristal éclairaient la pièce et faisaient briller le parquet de chêne en point de Hongrie.

L'assistance se faisait de plus en plus nombreuse à mesure que les calèches et les berlines qui se succédaient dans la cour déposaient les invités devant le perron. Dans la salle d'apparat, une répartition se faisait naturellement entre les groupes de messieurs, tout autour de la pièce et dans l'embrasure des fenêtres, et ceux des dames qui occupaient le centre. Vu de dessus, l'ensemble eût produit un curieux effet pictural, une sorte de composition florale aux charmantes couleurs, parme, vert tendre, bleu pastel, rose, entourée de corneilles et de corbeaux. Ces messieurs avaient en effet tous opté pour l'habit noir avec un revers en satin agrémenté d'une discrète rosette rouge. Ces dames, quant à elles, faisaient étalage de leur toilette, robes drapées, châles brodés, dentelle, bijoux. La crinoline qui, cette année-là, avait perdu sa forme de corolle pour prendre plus d'ampleur à l'arrière, donnait à chaque cercle de femmes l'allure d'une fleur dont les pétales de couleurs différentes s'ouvraient à l'extérieur. Si ces messieurs étaient tête nue, ce qui dégageait leur visage aux favoris foisonnants ou à la moustache effilée, les dames avaient gardé leur chapeau. Il eût été fort dommage, d'ailleurs, de gâter l'étonnante composition qui surmontait leur chevelure augmentée de postiches et de mèches et dont la réalisation avait demandé beaucoup de patience et d'ingéniosité à une armée d'habiles modistes.

Les ministres nouvellement nommés, en l'honneur de qui l'homme d'affaires donnait cette réception, n'étaient pas encore arrivés. Eugène Rouher, dont on disait qu'il était l'homme fort de la nouvelle équipe, avait d'ailleurs prévenu qu'il arriverait plus tard, étant retenu au Palais. On discutait en attendant, prélevant au passage une coupe de champagne sur les plateaux d'argent qui circulaient, portés par une escouade de maîtres d'hôtel très discrets, les seuls à perpétuer les raffinements de la mode d'antan – perruque argentée, livrée, culotte de soie, jabot plissé, bas, chaussures à boucle – dans ce milieu devenu très bourgeois jusque dans la manière de s'habiller. On parlait du résultat des élections législatives, les premières depuis la réforme constitutionnelle qui donnait plus de pouvoir à l'Assemblée. Le résultat n'étonnait personne, les différentes factions qui soutenaient l'empereur avaient remporté deux cent cinquante et un sièges alors que l'opposition ne pouvait compter que sur trente-deux députés. En vérité, le sujet qui agitait ces messieurs était celui de la libéralisation du régime, symbolisée par le plus important remaniement ministériel depuis l'avènement de l'empire.

— Oh, vous savez, cette libéralisation est toute relative. Fould[17] reste aux finances et Drouyn de Lhuys[18] aux affaires étrangères…

— Vous savez bien que les affaires étrangères sont le domaine réservé de l'empereur… Soit dit entre nous, vous y comprenez quelque chose, à la politique étrangère du pays ?

— J'ai eu l'occasion d'en parler l'autre jour avec Fould, il s'arrache les cheveux !

— Le fait est que toutes ces expéditions nous coûtent horriblement cher ! La Crimée, l'expédition d'Italie, celle du Mexique…

— Parlons-en, de l'expédition d'Italie ! Un jour, on soutient Victor-Emmanuel[19] contre les Autrichiens, un autre, on envoie les troupes françaises pour déloger Garibaldi des États pontificaux !

— Vous savez bien que l'empereur est un homme qui aime le juste milieu.

— Vous voulez dire qu'il a peur de perdre le soutien du parti ultramontain !

On regarda l'homme qui venait de s'exclamer ainsi avec un air de reproche. On ne parlait pas de la sorte, surtout en élevant la voix, dans une réception comme celle-là. Certains s'éloignèrent. Ceux qui restèrent changèrent de sujet. On échangea des nouvelles et des réflexions sur les personnages connus qui composaient l'assistance.

Hugues de Mortemart fit son entrée au bras de Madame de Grimonpré. Celle-ci, d'ordinaire souriante, faisait grise mine. Son compagnon semblait ne pas y prêter attention. Il l'abandonna très rapidement pour se joindre au groupe qui entourait Alfred de Coursigny.

*

Théophile Gautier, qui avait assisté silencieusement à la conversation que nous venons de rapporter, s'approcha de Madame de Grimonpré :

— Vous êtes, Madame, toujours aussi élégante et toujours aussi belle.

— Et vous, vous n'êtes qu'un vil flagorneur, mon cher Théophile.

— Aïe aïe… La fleur a gardé ses épines. Pourtant, je ne participe plus depuis des mois aux soirées organisées par Monsieur de Mortemart. Quand cesserez-vous de m'en tenir rigueur ?

— Que voulez-vous, j'ai pris la vilaine habitude de vous taquiner…

— Quel dommage que je n'aie pas quinze ans de moins et trente mille francs de rente en plus ! J'aurai eu un grand plaisir à paraître à votre bras dans une réception comme celle-ci.

Madame de Grimonpré poussa un soupir. Théophile Gautier se pencha vers elle et demanda :

— Quelle est cette ombre qui assombrit votre beau visage ?

Madame de Grimonpré eut un bref mouvement d'épaules.

— Pourquoi poser la question, vous le savez bien !

— Je ne comprends pas pourquoi vous restez avec ce mufle !

Madame de Grimonpré fronça les sourcils. Ses lèvres s'arrondirent un court instant tandis qu'elle levait son index devant sa bouche. Théophile Gautier baissa la voix.

— Je vous assure, vous n'auriez aucune difficulté à trouver un autre cavalier. Vous êtes belle, pleine d'esprit et votre position est désormais assurée. Plus personne ne vous contestera l'héritage de Monsieur de Grimonpré !

— C'est vous qui le dites. Hugues a beaucoup de relations. Il suffirait d'un mot de sa part pour ruiner ma position.

— C'est vrai parmi ses amis. Mais il suffirait que vous vous rapprochiez d'une autre coterie pour vous mettre à l'abri de ses médisances.

— Mais quelle coterie ? Monsieur de Coursigny n'est-il pas l'empereur du monde des affaires ?

Théophile Gautier fit une moue pleine de sous-entendus.

— L'étoile de Coursigny a pâli. Haussmann a su rassembler autour de lui un vivier d'hommes ambitieux pour ne plus dépendre exclusivement de Coursigny. Si vous le souhaitez, je peux vous introduire auprès de l'un d'entre eux.

Madame de Coursigny réfléchit quelques instants.

— Et si j'accepte ?

— La seule grâce que je vous demande est de ne plus me poursuivre de vos épigrammes. Je suis désormais un vieux barbon gras et bouffi. Je ne peux pas imposer à une femme telle que vous de devenir autre chose que mon égérie.

— Eh bien soit. J'accepte.

*

La décision que venait de prendre Madame de Grimonpré était, elle en avait parfaitement conscience, une déclaration de guerre à son amant. Il ne manquerait pas de contre-attaquer. Mais pouvait-il en être autrement ? Depuis la scène qu'il lui avait faite, elle n'éprouvait plus que du dégoût pour lui. Du dégoût pour ses frasques, du dégoût pour son comportement en général. Elle se sentit soudain submergée par l'humiliation qu'elle avait refoulée pendant des mois. Elle en éprouva une grande lassitude. Elle se dirigea vers un maître d'hôtel pour lui demander où elle pourrait se reposer quelques minutes, prétextant une soudaine migraine. Il la conduisit dans un salon plongé dans la pénombre. Elle prit place sur une bergère face à la cheminée, à l'endroit le plus sombre de la pièce.

Elle avait aimé cet homme… Se pouvait-il qu'il eût changé à ce point ? Pourquoi ? Qu'avait-elle fait pour qu'il se détournât d'elle ? Et, d'ailleurs, avait-elle fait quelque chose ou était-ce à cause de ses fréquentations ? Les parties fines qu'il organisait avec ses amis ?

L'opium qu'il fumait ? Il pouvait se montrer si doux, si cajoleur… Si seulement il voulait bien l'écouter lorsqu'elle essayait de le raisonner !

Non, il n'y avait pas de retour en arrière possible. Il lui rirait au nez, comme chaque fois qu'elle abordait le sujet. Il était trop tard.

Elle dut somnoler quelques instants, car elle fut surprise pas le bruit d'une conversation. Devait-elle signaler sa présence ? C'était bien tard pour le faire. Elle hésita puis tâcha de se faire la plus discrète possible.

— La jeune personne dont vous m'avez parlé a été condamnée à six mois de prison et deux ans d'interdiction de séjour dans le département de la Seine. Vous pouvez être tranquille. Elle ne pourra pas témoigner au procès d'Eugène Dulac.

Madame de Grimonpré sursauta. Se pouvait-il que…

— Où purgera-t-elle sa peine ?

— À la prison de Versailles, sauf si vous souhaitez qu'on la transfère en province.

On dut ouvrir la porte, car Madame de Grimonpré entendit pendant quelques secondes le brouhaha provenant de la salle de réception.

— Ah… Monsieur le ministre. J'ai souhaité vous entretenir d'une affaire que Monsieur de Persigny suivait de près.

— Je vous écoute, Monsieur le Préfet.

— Vous avez entendu parler de l'assassinat de Monsieur de Saunier-Langis ?

— Oui, un meurtre sordide.

— Exactement. Nous avons arrêté le coupable, mais une personne s'est présentée à la police en prétendant qu'il avait un alibi.

— C'est ennuyeux.

— D'autant plus que, comme vous le savez, Monsieur de Saunier-Langis était à la tête d'une compagnie collectant de l'épargne pour financer les travaux du baron Haussmann.

— Quel est le rapport avec les travaux de Monsieur Haussmann ?

— Vous n'ignorez pas que l'opposition libérale est très critique au sujet du financement de ces travaux. Elle parle de « Pots-de-vin », de comptes truqués… Prétendre que l'assassinat de Monsieur Saunier-Langis puisse avoir une autre cause que celle que nous avons indiquée à la presse aurait eu un effet désastreux sur la confiance des épargnants. Monsieur de Coursigny lui-même s'en est inquiété.

Il y eut un bref temps de silence. On peut imaginer que le ministre Paul Boudet hochait la tête. Symphorien Boittelle reprit :

— Monsieur de Persigny a préféré couper court à toute remise en cause des conclusions de l'enquête. Le prétendu témoin a été arrêté et il vient d'être jugé. C'est une jeune femme, une sorte de bonne sœur laïque qui héberge chez elle des miséreux. J'ignore si elle cherchait à protéger Dulac ou si elle était sincère, mais cela importe peu. Elle a été mise hors d'état de nuire à l'enquête.

— Vous avez bien fait. Et Dulac, quand sera-t-il jugé ?

— En septembre ou en octobre. La cour d'assises est très chargée en ce moment.

— Bien, tenez-moi au courant.

Nouveau laps de temps pendant lequel Madame de Grimonpré perçut à nouveau le brouhaha de la réception, puis plus rien. Plus rien que l'horreur de la situation. L'insupportable injustice de la situation. Florine avait été condamnée à six mois de prison pour raison d'État et Eugène serait jugé et décapité pour un crime qu'il n'avait pas commis. Coursigny avait trempé dans cette forfaiture et Mortemart était très certainement dans le coup. Comment expliquer, sinon, sa violente réaction quand elle était intervenue auprès du baron Haussmann ?

IX

Antonin regardait le tapis à ses pieds. Il avait l'air très abattu. Madame de Grimonpré venait de lui annoncer la condamnation de Florine. Deux grosses larmes coulaient sur ses joues, dessinant des rigoles dans la poussière qui les couvrait. Madame de Grimonpré fut prise de pitié. Elle était sortie découragée de la réception chez Coursigny. Furieuse, ulcérée, écœurée, mais découragée. Que pouvait-elle faire ? Il s'agissait d'une affaire d'État. L'avait-elle entendue, cette expression, du vivant d'Honoré ! On baissait la voix, on prenait un air inspiré et on disait : « Vous comprenez, il s'agit d'une affaire d'État. » Et tout était dit. On reposait sa tasse de café sur la sous-tasse et on se dirigeait vers la table de jeu. Mais le désespoir d'Antonin lui commandait de ne pas baisser les bras. Le désespoir d'Antonin et la duplicité de Mortemart qui, elle en était certaine, avait trempé dans l'affaire. Coursigny avait souvent recours à lui à lui pour régler des affaires délicates.

— Je comprends ta peine, Antonin, mais nous allons nous battre, je te le promets !

Antonin leva les yeux sur elle. Elle voyait bien que, lui aussi, il était découragé. Il lui sourit malgré ses larmes. Il lui savait gré d'essayer de lui remonter le moral, même s'il n'avait guère d'espoir sur la suite des événements.

— Viens me voir demain en fin d'après-midi. Je te présenterai le jeune avocat qui a accepté de défendre Mademoiselle Florine.

Pas très efficace, l'avocat… Mais pouvait-il faire la fine bouche ? Madame de Grimonpré était, à ce jour, sa seule source d'espoir.

— Puis-je venir avec quelqu'un ?
— Qui veux-tu me présenter ?
Madame de Grimonpré n'était pas prête à accueillir tous les gamins du quartier.
— Un journaliste qui a enquêté sur l'affaire. Il a des choses intéressantes à vous révéler.

*

Quelle femme ! Jamais depuis son arrivée à Paris, et a fortiori lorsqu'il était à Mazamet, Montignac n'avait rencontré personne aussi… charmante, agréable, prévenante, élégante, séduisante, intéressante et, osons le mot, désirable. Il fit état de ses investigations. Peu concluantes, au demeurant, mais avec un peu de fioritures, il parvint à les présenter comme une étape décisive vers l'établissement de la vérité. Saunier-Langis avait été poignardé *post mortem* dans le but de faire croire à un crime crapuleux. Trois hommes étaient sortis de la demeure de Langis un peu après minuit, à l'heure à laquelle, selon le chirurgien légiste, la victime était morte.

Lousteau regardait Montignac avec méfiance. Jeune, à peu près le même âge que lui, une belle prestance, Lousteau était plutôt du genre grand maigre, un visage avenant avec des traits pleins d'assurance, une assurance qui faisait défaut à l'avocat débutant : Lousteau avait affaire à un redoutable concurrent. Voilà qui le mettait dans une situation délicate. La cruelle déconvenue, disons même le camouflet qu'avait constitué la condamnation de Florine Dumoulin, avait douché l'enthousiasme avec lequel il s'était emparé de cette affaire. Après avoir bien réfléchi, il s'était résolu à proposer à Madame de Grimonpré d'abandonner toute action en justice, quitte, si elle le souhaitait, à veiller au bien-être de cette demoiselle en prison. On pouvait faire bien des choses en soudoyant les bonnes personnes. Ce fat de Montignac l'obligeait à réviser son point de vue. À moins de lui laisser le champ libre. C'était un peu fort ! Ce blanc-bec, qui n'avait probablement aucun diplôme universitaire, juste sa faconde de Méridional, lui soufflerait Madame de Grimonpré à qui il faisait une cour assidue depuis des années ? C'était hors de question.

Problème : Montignac était en train de démontrer à Madame de Grimonpré, sous le regard d'un adolescent pouilleux pour lequel elle paraissait avoir une affection totalement incompréhensible, que la clef de la libération de Florine Dumoulin – dont on ne savait pas, au juste, si elle était une habile maquerelle ou un ange de bonté – résidait dans la défense d'un abruti, incapable de prononcer deux mots de suite, qu'on avait arrêté alors qu'il rôdait, ensanglanté, aux abords du domicile d'un homme qui venait d'être poignardé. Car, quoi qu'en dise Montignac, ça restait la version officielle.

Si Montignac disait juste, Lousteau répugnait à l'admettre, mais ça n'était pas impossible, l'affaire sentait mauvais. Il y avait de la politique là-dessous. C'était, d'ailleurs, l'explication la plus satisfaisante pour son amour-propre. Dans ce cas, son habileté à plaider la cause de Mademoiselle Dumoulin n'était pas en cause. Mais, voyez comme les choses sont compliquées, c'était aussi l'option la plus favorable aux affaires de ce jean-foutre de Montignac, puisqu'elle lui permettait de se pousser du coude auprès de Madame de Grimonpré, qui buvait ses paroles avec les yeux remplis d'espoir. Et sur qui est-ce que cela allait retomber ? Sur Adolphe Lousteau, à qui on allait demander de défendre un attardé mental que tout accusait. Qu'avait-il à gagner dans cette affaire ? Il allait se ridiculiser. Et si l'affaire avait effectivement un arrière-plan politique, il serait grillé. Est-ce que les beaux yeux de Madame de Grimonpré valaient la peine de mettre en péril sa carrière ? Oui, quand même. Il n'allait pas s'avouer vaincu tout de suite. De toute façon, le procès ne serait pas jugé aux assises avant septembre, peut-être octobre. Il avait le temps, d'ici là, de convaincre Madame de Grimonpré de l'inutilité de sa démarche, peut-être même de sa nocivité, car n'allait-on pas irriter le pouvoir politique à vouloir défendre ce crétin ? Et, par-là, de ruiner le crédit que ce beau parleur de Montignac était en train de se bâtir à peu de frais.

— Alors Monsieur Lousteau, qu'en dites-vous ? Êtes-vous prêt à défendre Eugène Dulac ?

Lousteau se redressa fièrement et dit :

— Que ne ferais-je pas pour vous, Madame !

X

Clovis Constant était le spécialiste de la finance au *Petit Journal*. Un homme respecté, même si la finance et la bourse n'étaient pas les sujets de prédilection des lecteurs du journal. On lui laissait une toute petite place, une demi-colonne ou un quart de colonne entre deux réclames et au-dessus du roman-feuilleton. Le patron avait songé plusieurs fois à se séparer de lui, mais il était de bon conseil et le patron lui demandait souvent son avis sur tel ou tel placement. Montignac s'était résolu à l'interroger au sujet de la compagnie de Saunier-Langis. Qui sait, peut-être l'affaire avait-elle un lien avec sa société ?

Clovis Constant s'était calé contre le dossier de son siège. Il adorait faire étalage de ses connaissances. Il était parti dans une description du mode de financement des travaux d'embellissement de Paris entrepris par le préfet Haussmann :

— Le système est bien rodé. La Caisse des travaux de Paris emprunte pour acheter les terrains, percer les avenues et construire les canalisations d'eau, de gaz et les égouts. Puis les emplacements bordant les nouvelles avenues sont vendus par lot à des investisseurs qui doivent construire des immeubles en suivant un cahier des charges bien précis. Ils rentrent dans leurs fonds en revendant les immeubles ou en les louant. Ça permet à l'État de financer les travaux sans se ruiner.

— Et la compagnie de Saunier-Langis, dans tout ça ?

— La Compagnie Financière d'Aménagement de la rue de Puebla a été montée pour acheter des lots et construire des immeubles au long de la rue de Puebla en cours de percement. En vendant des titres à taux fixe, Saunier-Langis pouvait espérer faire un gros bénéfice. À condition que les investisseurs gardent confiance et ne revendent pas leurs titres. C'est le talon d'Achille de ce genre de compagnies. Si la valeur des titres chute, la compagnie perd le soutien des banques. Elle ne peut plus emprunter l'argent dont elle a besoin pour financer la construction d'immeubles sur les lots qu'elle a achetés. C'est la faillite assurée et la ruine des souscripteurs.

Montignac resta un temps silencieux. La finance ne l'avait jamais beaucoup intéressé. Il faudrait pourtant qu'il s'y mette. Comment prétendre parler de politique si on n'était pas capable de comprendre comment elle était financée ? Ce qu'il retenait de la démonstration de Constant, c'est qu'il y avait un lien entre la compagnie de Langis et les travaux d'Haussmann. D'où l'agitation, voire l'inquiétude, suscitée par sa disparition. Fallait-il en conclure que la clef de l'énigme était à rechercher dans cette direction ? L'hypothèse était séduisante. Lorsque de gros intérêts sont en jeu, on peut facilement en venir à des solutions extrêmes. Montignac remercia son collègue et retourna dans son bureau. Oui, à l'évidence, il y avait dans cette affaire un arrière-plan financier. Donc politique. Comment expliquer autrement l'intervention du préfet de police pour escamoter le témoignage de Florine ? Manifestement, on considérait en haut lieu qu'il s'agissait d'une affaire d'État. Qu'est-ce qui pouvait motiver une affaire d'État, sinon la finance ? Les travaux de modernisation de la capitale étaient au cœur de la politique économique du gouvernement pour lequel leur financement était essentiel.

Montignac éprouvait une certaine appréhension. S'il s'agissait d'une affaire de finance, il n'était pas le mieux placé pour la débrouiller. Il devait reconnaître qu'il n'avait que très vaguement compris de quoi il retournait. Ça paraissait simple dans la bouche de Clovis, mais en réalité c'était certainement très compliqué. Plein d'embrouilles. D'entourloupes imaginées par des générations de comptables et de juristes pour tirer un rideau de fumée devant les combines des financiers. Montignac s'était forgé une opinion très personnelle sur les financiers. Vous croyez vraiment, vous, qu'un Coursigny, pour ne citer que lui, ait pu faire fortune en quelques années en se contentant de placer son argent comme tout le monde ? C'était quand même bizarre, non ? Comme si l'argent pouvait tomber du ciel ! Et d'ailleurs, on commençait à murmurer, M. Ferry[20] par exemple, que les comptes de la Caisse des travaux étaient trafiqués. Comment pourrait-il, lui, Montignac, néophyte et réfractaire à tout ce qui touchait à la banque et aux affaires de Bourse, démêler les fils d'un imbroglio financier ?

Parlez-lui de politique. La vraie. Les affaires étrangères. L'affaire italienne, par exemple. Si Langis avait été impliqué dans d'obscures tractations mêlant Français, Autrichiens, partisans de Victor-Emmanuel et diplomates du Saint-Siège, Montignac aurait fait merveille. Il aurait exposé au grand jour les sombres desseins des protagonistes et les marchandages auxquels se livraient les émissaires secrets des chefs d'État ! Malheureusement, son collègue en charge de la politique extérieure était indéboulonnable. À défaut, on aurait pu lui confier la rubrique consacrée à la politique intérieure. Les combinaisons politiques au gouvernement, les rivalités entre libéraux et ultramontains, les manœuvres des royalistes qui n'avaient pas abandonné l'idée de revenir au pouvoir, les querelles entre les différentes factions républicaines… Il suivait tout cela de très près et anticipait bien souvent les réactions des différents partis. Voilà ce à quoi il était destiné ! À devenir l'éditorialiste d'un grand journal politique. Pas un simple échotier chargé de rapporter les faits divers les plus sordides. Encore moins à éplucher les comptes d'une compagnie pour y dénicher des irrégularités. Ça, un Clovis pouvait le faire aussi bien que lui. Entre nous, ça n'était pas une lumière, Clovis. À part quand il fallait décortiquer les cours de la Bourse… Et je ne vous parle pas du style de l'individu. Il fallait être passionné par la finance pour lire un article de Clovis. Quelle lourdeur !

Montignac se prit la tête entre les mains. En vérité, le fond du problème, ce n'était pas la finance. C'était de savoir comment s'attirer les faveurs de Madame de Grimonpré…

XI

Amédée Archambaud était le fils d'un des plus gros propriétaires du Forez. Le père et le fils avaient une forte personnalité, ce qui nuisait à leur bonne entente. Ils jugèrent tous deux préférable de mettre de la distance entre eux. Amédée renonça à prendre la succession du domaine familial et son père lui donna un pécule et des lettres de recommandation pour se lancer dans la vie.

Amédée Archambaud monta à Paris où il eut la chance d'être repéré par le baron Haussmann qui le prit à son service. Archambaud se montra très habile et le baron lui conseilla de se lancer dans les affaires. Haussmann se jugeait trop dépendant de banquiers comme Coursigny qui prétendaient intervenir dans ses décisions. Archambaud réussit quelques opérations fructueuses et joua rapidement « dans la cour des grands », pour employer une expression tout à fait anachronique vingt ans avant les lois Ferry[21].

Archambaud n'était pas qu'un financier avisé, il était aussi un fin politique. Il avait pressenti le virage libéral de l'empereur. Il reçut dans son salon des gens comme Rouher, dont il prévoyait qu'il serait amené à jouer un grand rôle à l'avenir. Le remaniement ministériel du 23 juin 1863 lui avait donné raison. Son flair lui conférait un avantage sur Coursigny qui n'avait pas anticipé les événements. Archambaud était l'homme qui montait et chez qui il fallait être vu.

Madame de Grimonpré fut introduite par Théophile Gautier dans le salon d'Amédée Archambaud. Elle y fut accueillie avec bienveillance. Une jolie femme est toujours accueillie avec bienveillance dans un salon. Elle permet de retenir les jeunes gens, et même les hommes plus âgés, qui pourraient avoir la tentation d'aller voir ailleurs. L'ambiance de ce salon était d'ailleurs beaucoup moins compassée que chez Monsieur de Coursigny. Certes, on y rencontrait principalement des hommes politiques et des hommes d'affaires, mais aussi des journalistes, des hommes de lettres et des musiciens. Madame de Grimonpré s'y sentit aussitôt à son aise.

Ce soir-là on recevait Émile de Brugères, le chef de cabinet du nouveau ministre de l'Intérieur. Un homme affable, qui devait avoir quarante-cinq ans et qui n'avait pas la morgue qu'affichent en général les hommes de son âge parvenus à une position aussi élevée. On l'interrogeait sur la façon dont se déroulait la transition entre Victor de Persigny[22] et Paul Boudet. Il ne trahit aucun secret en confirmant qu'elle était difficile, Monsieur de Persigny répugnant à transmettre ses pouvoirs à son successeur. Il continuait, par exemple, à intervenir directement auprès de Symphorien Boittelle, le préfet de police.

Théophile Gautier présenta Madame de Grimonpré à de Brugères. Si Mortemart voulait lui chercher des noises, il fallait qu'elle puisse s'appuyer sur des personnes influentes au ministère. De Brugères se montra fort courtois avec elle. Il l'assura qu'elle pouvait compter sur lui si elle avait besoin de ses services.

Madame de Grimonpré rentra chez elle rassurée : elle avait trouvé dans le salon d'Archambaud un nouveau port d'attache et ne dépendrait plus, à l'avenir, de la protection de Mortemart. Elle se sentit l'esprit plus libre. Elle pourrait se consacrer sans arrière-pensée à la libération de Florine.

XII

Montignac était dans l'état d'excitation que provoque le sentiment d'avoir résolu une énigme particulièrement difficile. Il avait longtemps tourné en rond, intimidé par l'étiquette qu'il avait lui-même collée à « l'affaire Langis ». Quand on pense à la finance, on imagine tout de suite des combinaisons compliquées, des coups tordus, des jeux d'écriture impossibles à démêler. Pourquoi ? Pourquoi chercher midi à quatorze heures ? Et pourquoi, d'ailleurs, pense-t-on que les affaires criminelles en général sont nécessairement complexes ? Les hommes sont, dans leur grande majorité, assez frustes. Ils agissent le plus souvent sans réfléchir aux conséquences de leurs actes. Quant à ceux qui ont une intelligence supérieure à la moyenne, ils évitent d'être directement impliqués dans les mauvais coups qu'ils ourdissent. Ils s'en remettent pour agir à des personnes moins habiles qu'eux, ce qui nous ramène au cas précédent.

C'était sans doute ce qui s'était passé le soir de la mort de Saunier-Langis. Le scénario le plus probable était le suivant : la compagnie créée par Saunier-Langis causait du tort aux intérêts d'un autre financier. Celui-ci avait voulu intimider Langis en lui envoyant des hommes de main recrutés pour l'occasion. L'affaire avait mal tourné, ils avaient frappé un peu trop fort, Saunier-Langis était mort et les malandrins avaient tenté de maquiller leur forfait pour détourner les soupçons.

Deux jours auparavant, Montignac était sorti très enthousiaste de l'entrevue avec Madame de Grimonpré. Il était subjugué par cette femme qui avait beaucoup de charme. Le robin qui tournait autour d'elle avait raison : que ne ferait-on pas pour une femme comme elle ? Montignac, qui était prêt à laisser tomber l'affaire (que lui apporterait-elle ?), avait désormais une bonne raison de s'y consacrer. Faire la conquête d'une telle femme, n'était-ce pas une perspective de nature à vous transcender ? Lancelot n'avait-il pas bravé les plus grands périls pour la reine Guenièvre ?

Son entretien, le lendemain, avec Clovis Constant l'avait laissé perplexe. À l'issue de l'entretien, le mobile lui avait paru évident : la spéculation immobilière, qui allait bon train en ces années de grands travaux. Seulement voilà, Montignac ne savait par quel bout prendre l'affaire, la finance étant pour lui un domaine totalement obscur auquel il ne comprenait rien.

Mais il avait réalisé qu'il n'avait nul besoin de se plonger dans les comptes de la société pour identifier le ou les coupables. Si le scénario qu'il avait imaginé était le bon, et plus il y pensait, plus ce scénario lui paraissait probable, il lui suffisait de trouver à qui profitait le crime. Ça n'était pas plus compliqué que ça !

Aussi, lorsque Montignac avait lu l'encart passé par Maître Monteil dans le journal, il avait jubilé. Ce qu'il avait sous les yeux concordait parfaitement avec son intuition. Maître Monteil, notaire connu pour son implication dans la vente des immeubles construits au long des avenues nouvellement percées, annonçait aux détenteurs de titres émis par la Compagnie Financière d'Aménagement de la rue de Puebla qu'il avait la charge de négocier la reprise de ladite compagnie. Il avait à cœur de défendre les intérêts des porteurs et il invitait ceux qui souhaitaient avoir des informations complémentaires à prendre contact avec lui. En réalité, c'était encore plus simple que ce qu'il imaginait, on avait liquidé Langis pour mettre la main sur sa compagnie. L'affaire avait fait quelques jours la « une » des journaux et, maintenant qu'on n'en parlait plus, le loup était sorti du bois !

Montignac avait aussitôt décidé d'aller voir Maître Monteil. C'était logique, non ? Restait à trouver quelques titres de la compagnie pour justifier sa visite. Il était allé voir Madame de Grimonpré. Il se trouvait qu'elle en possédait une cinquantaine qu'elle lui confia sans hésiter.

Maître Monteil reçut Montignac avec urbanité. Ils échangèrent des banalités et quelques considérations sur les perspectives économiques. Maître Monteil l'assura que son argent était bien placé et continuerait de fructifier comme par le passé. Montignac lui fit part de ses inquiétudes. Il connaissait personnellement Saunier-Langis, un homme au jugement sûr, capable de prendre de bonnes décisions et de les exécuter promptement. Il avait entendu dire que la Compagnie de la Rue de Puebla allait être rachetée et l'encart publié par Maître Monteil dans le journal avait confirmé cette information. En matière d'investissements, la personnalité du décideur est essentielle, ce n'est pas vous qui allez me contredire, n'est-ce pas, cher Maître ! Pour être tout à fait rassuré, Montignac aurait aimé savoir qui allait prendre les rênes de la compagnie. Monteil approuva. Il comprenait tout à fait M. Montauban (c'était le nom que lui avait donné Montignac). Il se pencha vers lui, vérifia que personne n'écoutait et lui chuchota dans le creux de l'oreille :

— C'est Monsieur de Coursigny qui reprend l'affaire.

Montignac hocha la tête d'un air grave et exprima sa satisfaction. Il était pleinement rassuré.

— Bien sûr, vous comprendrez, M. Montauban, que cette information ne doit pas être ébruitée.

Montauban comprenait. Les deux hommes échangèrent encore quelques banalités et se séparèrent en échangeant une poignée de main.

*

Coursigny ! Montignac s'attendait à un règlement de comptes entre jeunes loups de la finance, mais Coursigny, quand même… Comment un homme aussi considérable et aussi bien établi pouvait-il s'abaisser à de telles manœuvres ? L'appât du gain était-il si puissant qu'il vous fît perdre la raison ? On lit de ces choses dans les livres de M. de Balzac, mais Coursigny n'était pas Nucingen ! Coursigny était un homme cultivé, amateur d'art et collectionneur, pas le genre d'hommes à manigancer d'obscures combines dans un baragouin à peine compréhensible. Mais qui peut prétendre connaître l'âme humaine ? Les archives criminelles fourmillent de portraits d'hommes connus pour leur affabilité qui ont perpétré d'horribles meurtres. Et Coursigny n'est-il pas intervenu auprès du préfet Boittelle pour empêcher Florine de témoigner ?

Montignac, tu t'emballes, se dit-il. Certes, les pièces du puzzle commençaient à s'assembler. Mais tout cela n'était fondé que sur des conjectures. Si l'on exceptait le témoignage, facile à récuser par un habile procureur, du vagabond qu'il avait fait parler en l'abreuvant copieusement, il n'avait pas la moindre preuve. Rien qui puisse convaincre un jury d'assises.

Coursigny, car il était désormais certain que l'homme d'affaires était mêlé à cette affaire, pouvait dormir tranquille. Il ne risquait pas d'être inquiété. La seule manière d'obtenir des preuves, c'était de le contraindre à se démasquer. À commettre une erreur. Mais comment ?

XIII

Ça bardait. Il s'en fallait de peu qu'on en vînt aux mains. Que je vous explique. Les rues de la Courtille sont étroites. Ça, je l'ai déjà dit. Alors, évidemment, quand on voulait passer avec une charrette, même à bras, c'était compliqué. Et quand on voulait se croiser, une charrette et la roulotte d'une marchande de quatre saisons par exemple, il fallait que chacun y mette du sien. En général, on s'arrangeait. Mais il y a toujours de mauvais coucheurs. Vous savez, le genre de personnes qui se mettent n'importe où et qui ne bougerait pas d'un pouce, même pour laisser passer la procession de la Sainte Vierge le 15 août, avec Monsieur le Curé qui marche en tête à grands pas, en s'appuyant sur sa croix en argent comme si c'était une canne, les enfants de chœur qui le suivent, les mains jointes, en psalmodiant des trucs qu'ils ne comprennent pas, et la statue de la Vierge, enrubannée de dentelle, sur un palanquin porté par quatre jeunes gens. Remarquez, la marchande de quatre saisons n'avait pas non plus très bon caractère. Alors le ton était très vite monté. Un attroupement s'était formé. On était plutôt du côté de la marchande. Le propriétaire de la charrette, un maraîcher qui avait une grande gueule, n'avait pas bonne réputation. On disait de lui que c'était un filou. On : les commerçants qu'il livrait avec sa charrette. De belles pommes de terre, charnues, avec de petites mottes de terre qui étaient restées accrochées.

Antonin les dévorait des yeux, ces pommes de terre. De quoi faire un vrai festin pour toute la famille. Ça serait encore mieux avec un peu de lard. Il en restait peut-être un peu. C'est tentant, des pommes de terre fraîchement cueillies. Antonin tâta ses poches. Il savait bien qu'elles étaient vides. Pas facile à remplir ces derniers temps. Et pourtant il s'en donnait, du mal. Levé à l'aube pour être le premier à offrir ses services aux commerçants le matin. Après ça, il allait rôder du côté des chantiers. Pas très costaud, mais pour pousser une brouette on n'a pas besoin d'un hercule. Et un gamin, ça coûtait moins cher qu'un terrassier. Un franc, un franc et cinq sous… Et ces patates, qui ne demandaient qu'à être prises. Antonin, emmène-nous ! Délivre-nous ! On ne veut pas rester avec ce paltoquet ! Antonin regarda autour de lui. Ça braillait, ça gesticulait. Il retira sa blouse et en fit un sac. Puis il s'approcha de la charrette, il remplit son sac de fortune et il s'éclipsa.

Là-bas ! Au bout de la rue ! Le Tondu ! C'était lui. Antonin avait vu briller l'anneau d'or à son oreille. Alors il le suivit. Mais l'autre marchait vite. Se retournait souvent. Antonin se devait d'être plus rapide que lui. Se glisser dans une encoignure. Courir pour aller se cacher sous un porche. Vous croyez que c'est facile avec un sac de patates dans les bras ?

Antonin laissa ses patates dans l'intervalle entre deux masures pour être libre de ses mouvements. Il poursuivit sa filature. Manque de chance, il tomba sur un autre encombrement et il perdit l'homme de vue. Quand il revint chercher ses patates, elles n'étaient plus là. Antonin poussa un soupir. Pas de festin ce soir. Ce qui le consolait, c'était qu'il avait vu le Tondu. Les malfrats n'avaient pas décampé. La prochaine fois qu'il en rencontrerait un, il ne le laisserait pas filer.

XIV

« Il est, de l'autre côté de la planète Terre, un pays fort semblable au nôtre qui porte le nom de royaume de LaBas. Le monarque qui gouverne ce royaume est, à l'image de notre empereur, un homme bienveillant et plein de sagacité. Présider aux destinées d'un pays est une entreprise complexe et fort onéreuse. Dans le pays de LaBas, une confrérie d'hommes avisés et respectés avait pour tâche de fournir les subsides nécessaires aux dépenses de l'État. On les appelait les Faiseurs d'argent. Les Faiseurs d'argent étaient des hommes riches et puissants. Ils avaient à leur tête un Grand Argentier.

Dans toute société humaine, la richesse et la puissance suscitent envie et jalousie et le royaume de Labas ne faisait pas exception. Un jour, un homme jeune et ambitieux décida de se mêler à cette confrérie très fermée. Il ne manquait pas de talents et pouvait, assurément, prétendre devenir plus tard Grand Argentier. Les affaires de ce jeune homme prospérèrent rapidement au point qu'il fit de l'ombre aux autres Faiseurs d'argent.

Il arriva que cet homme passa de vie à trépas sans qu'on sût pourquoi. Or, le métier de Faiseur d'argent est de ces métiers qui exigent la confiance des sujets d'un royaume. Que deviendraient les médecins si leurs patients regardaient avec méfiance leurs prescriptions ? Que penserait le peuple du royaume de LaBas s'il soupçonnait qu'on pût avoir, au sein de la confrérie des Faiseurs d'argent, des comportements semblables à ceux des truands de la Cour des Miracles ? Le Grand Argentier s'en émut. On s'empressa de trouver un coupable, un pauvre bougre qui passait par là au mauvais moment. Puis le Grand Argentier prit à sa charge les affaires du jeune homme ambitieux.

Tout rentra dans l'ordre dans le royaume de LaBas. »

Montignac était assez fier de sa prose. Elle avait paru deux jours auparavant. Le Grand Argentier ne tarderait pas à réagir. À nous deux, Coursigny ! Comme chaque fois qu'il était de bonne humeur, Montignac avait faim. Il quitta les locaux du *Petit Journal* pour se rendre au bouillon Clément où il avait ses habitudes. Un endroit très animé dans l'après-midi, quand journalistes et typographes s'y retrouvaient avant la composition de l'édition du soir, mais qui était beaucoup plus calme en fin de matinée. Le serveur connaissait Montignac. Il lui apporta une soupe aux fèves avec une miche de pain et une carafe de vin.

— Merci, Lucien. Aujourd'hui je prendrai aussi une tranche de lard.

— Il y a un Monsieur qui souhaite vous parler.

Montignac ouvrit de grands yeux.

— Un Monsieur qui souhaite me parler ?

Le serveur fit un signe avec le menton.

— Derrière vous, de l'autre côté de la salle.

Montignac se retourna. Un type d'une cinquantaine d'années fumait la pipe avec un air absent. Visage suffisant, épais sourcils noirs tranchant avec ses cheveux grisonnants, cou de taureau. Montignac hésita. Aller tout de suite le voir ? Ce serait dommage de laisser refroidir sa soupe. Il choisit de manger tranquillement, mais sa bonne humeur l'avait abandonné. Il aurait mieux fait de ne pas commander de lard.

*

La partie silencieuse qui se joua entre les deux hommes dura une bonne demi-heure. Montignac prenait son temps. L'homme affectait une totale indifférence. On eût dit deux lutteurs de force égale retardant le moment d'en découdre, non pas par crainte de l'autre, mais par ennui, parce que la lutte avait cessé d'être pour eux une passion pour n'être plus qu'un gagne-pain. Mais en réalité, la lutte qui s'annonçait était inégale. La confiance affichée par Montignac était factice. Il n'était plus du tout certain d'avoir eu raison de défier Coursigny. Le faux pas espéré ne s'était pas produit. Coursigny l'affrontait directement, car, il en était certain, l'homme qui souhaitait le rencontrer était un émissaire du banquier.

Lorsqu'il eut avalé son dernier morceau de pain et vidé sa carafe, Montignac se leva et se dirigea vers l'homme qui lui fit signe de s'asseoir. L'homme prit le temps de vider les cendres de sa pipe dans un cendrier avant d'engager la conversation :

— Je vous remercie d'avoir accepté de me rencontrer alors que vous ne me connaissez pas. Je me présente, Gérard Fournier, de l'agence Informations et Enquêtes. Mon agence travaille régulièrement pour Monsieur de Coursigny.

Montignac gardait les yeux fixés sur le journal que l'homme avait déplié devant lui et qui contenait son article.

— L'attention de Monsieur de Coursigny a été attirée récemment par un article, au demeurant écrit de manière fort plaisante, dont le contenu pouvait être considéré par lui comme offensant.

L'homme fit une pause. Montignac se sentait très mal à l'aise. Les battements de son cœur résonnaient dans ses tempes et il avait très chaud.

— Les insinuations énoncées par l'auteur de cet article sont sans fondement et Monsieur de Coursigny serait en droit de le poursuivre s'il persistait à vouloir lui nuire. La sanction pourrait aller jusqu'à une peine de prison. Si ce n'était pas le cas, la carrière de l'auteur serait, de toute façon, définitivement brisée.

Montignac déglutit avec peine. Il avait pâli. L'homme poursuivit :

— Nous savons que vous connaissez personnellement l'auteur. Nous comptons sur vous pour le ramener à la raison.

Montignac acquiesça d'un signe de tête. Il était vaincu et se soumettait. L'homme le comprit et il se leva sans ajouter un mot. Montignac le vit sortir du bouillon et commanda une autre carafe.

*

Bon sang, qu'est-ce qui lui avait pris d'écrire cet article ? Quelle maladresse ! C'était la pire des choses à faire ! Non seulement elle n'avait aucune chance d'aboutir à quoi que ce soit de bon, mais, en plus, il s'était dévoilé et Coursigny serait désormais au courant de tous ses faits et gestes. Quelle naïveté ! Quelle bêtise, disons le mot ! Montignac était furieux contre lui. Contre ses emballements qui l'amenaient à faire les choses sans réfléchir. Ou plutôt en se persuadant de la justesse de ses intuitions quand bien même elles allaient à l'encontre du bon sens. Quand cesserait-il d'agir comme un adolescent immature et inconséquent ?

Montignac gravit pesamment les marches de l'escalier qui le menait à son bureau. Il était vidé. Il avait cent ans. Monter un étage supplémentaire lui demandait un effort de volonté surhumain. Le terme de volonté était d'ailleurs inadapté. Il se contentait d'avancer comme un automate, se soumettant à regret, tant cela lui pesait, aux obligations de son métier. Se pliant à l'habitude qui lui commandait de lever les genoux l'un après l'autre pour escalader les marches d'une hauteur démesurée de ce fichu escalier. De la volonté, il n'en avait plus, il n'en aurait plus jamais. C'était un luxe qu'il ne pouvait plus se payer. Qui lui aurait coûté beaucoup trop d'énergie.

— Montignac !

Il allait franchir la porte de son bureau lorsque Clovis Constant, son collègue de la rubrique des affaires économiques, l'interpella.

— Je me suis renseigné sur la Compagnie Financière d'Aménagement de la rue de Puebla.

C'était bien la dernière chose dont Montignac avait envie de parler, mais son collègue le suivit dans son bureau et s'assit en face de lui.

— Saunier-Langis en était bien le gérant, mais ce n'était qu'un prête-nom.

Prête, nom. Les mots pénétraient les uns derrière les autres dans son cerveau, mais ils n'avaient aucun sens.

— Celui qui tirait les ficelles, c'était Coursigny.

Coursigny. Cette fois, Montignac ressentit comme un électrochoc. Il se redressa sur sa chaise et demanda :

— Vous pouvez répéter ce que vous venez de dire ?

Clovis Constant le regarda avec étonnement. Manifestement, Montignac n'était pas dans son état normal. Il reformula sa phrase lentement :

— Saunier-Langis était aux ordres de Coursigny qui détient plus du tiers des titres émis par sa compagnie.

Montignac se prit la tête entre les mains. Il n'y comprenait plus rien. L'effet des deux carafes de vin, sans doute.

— Expliquez-moi… Pourquoi Coursigny, un banquier reconnu, qui finance directement bon nombre des constructions en cours au long des nouvelles avenues, confierait-il son argent à un nouveau venu ?

Clovis fit un geste vague.

— Ça, je n'en sais rien… On peut juste avancer des hypothèses.

— Lesquelles ?

— La première, c'est qu'il ait fait ça pour rendre service à quelqu'un. Quelqu'un qui cherchait à placer Saunier-Langis.

Coursigny généreux, Montignac en doutait.

— La deuxième, c'est qu'il n'ait pas voulu associer son nom à une opération comme celle du percement de la rue de Puebla, dans laquelle la compagnie de Saunier-Langis est engagée et qui est plus risquée que celles qu'il finance habituellement.

Possible.

— La troisième, c'est qu'il ne veut pas paraître trop gourmand. On commence à critiquer les choix de la commission qui attribue les lots… Les trois hypothèses ne sont pas exclusives. Elles peuvent se combiner.

Montignac se laissa aller sur le dos de son siège. Il regarda Clovis Constant avec gratitude. C'était comme si celui-ci l'avait débarrassé du poids énorme qui l'écrasait et qu'il avait hissé avec peine jusqu'à son bureau. Si Coursigny n'était mêlé au meurtre de Langis que de manière tout à fait fortuite, son article avait dû passer à ses yeux pour une plaisanterie de mauvais goût, imaginée par une bande de jeunes à la suite d'une soirée trop arrosée. Histoire d'embêter le bourgeois… Oui, c'était ce que le banquier avait dû penser et c'est ce qui expliquait sa mansuétude. Vous vous êtes bien amusés, les gars, mais n'y revenez pas ! Quel soulagement ! Il s'était comporté comme un gamin. Un de ces garnements qui tirent la sonnette à la porte des honnêtes gens avant de décamper. Il s'était fait tirer les oreilles, et c'était tout ce qu'il méritait !

Il lui restait maintenant à tout reprendre à zéro.

*

Montignac était bien décidé à rebondir. Certes, il s'était comporté de manière inconsidérée et ça n'était pas à son honneur. La blessure d'amour-propre était cruelle, mais il n'avait perdu que quelques jours. Il avait encore plusieurs semaines devant lui. Pour l'heure, ce qui le préoccupait, c'était l'obligation qu'il avait d'annoncer à Madame de Grimonpré qu'il s'était fourvoyé en présence du jeune freluquet qui papillonnait autour d'elle, cet avocaillon sans talent qui n'avait pas même été capable de sortir Florine de prison.

Montignac avait lu Clausewitz[23], du moins était-ce ce qu'il prétendait. Il savait qu'il fallait faire une force d'une faiblesse. En reconnaissant tout de go qu'il s'était trompé et en expliquant comment il comptait réagir et rattraper le temps perdu, il montrerait à Madame de Grimonpré, car c'était elle qui était le véritable enjeu de cette enquête, qu'il était un homme de décision et d'action sur lequel on pouvait compter.

La première partie du plan réussit à merveille. D'abord fort dépitée, Madame de Grimonpré approuva chaudement sa décision d'éplucher la vie de Langis, d'interroger son passé et de rechercher ses maîtresses. Tout se gâta lorsque l'avocaillon annonça qu'il avait eu accès au dossier d'Eugène Dulac. Il n'y avait trouvé nulle trace d'un quelconque rapport du chirurgien légiste. La nouvelle plongea Madame de Grimonpré dans la consternation et Montignac sentit sa tête se vider de son sang. L'avorton, quant à lui, semblait assez fier de l'effet qu'il avait produit. Il ajouta sur un ton badin que l'assistant du chirurgien légiste que Montignac avait rencontré lui avait probablement raconté des bobards pour lui escroquer dix francs. Montignac avait été bien naïf de le croire ! Montignac parvint à se maîtriser et Lousteau ne sut jamais qu'il était passé très près d'une sévère rossée. Galvanisé par la présence de Madame de Grimonpré, Montignac passa à la contre-attaque. Il dit sur le même ton badin qu'il s'y attendait, puisque le rapport en question était une pièce ouvertement opposée à la thèse de l'accusation, et qu'un avocat devait savoir composer avec ça. Il conclut en disant qu'il se faisait fort de trouver les éléments permettant de démontrer l'innocence d'Eugène pourvu qu'on sût les utiliser. Les deux jeunes coqs s'affrontèrent du regard. Madame de Grimonpré lança un regard de reproche à Montignac, mais elle n'y mit pas beaucoup de conviction. Montignac, qui craignait d'être allé trop loin, fut rassuré.

En revanche, Lousteau fut horriblement vexé. On le serait à moins. Soyons réalistes. Il n'y avait dans le dossier aucun élément à décharge et ce foutriquet de Montignac ne trouverait rien. Florine Dumoulin avait voulu protéger Eugène Dulac en lui fournissant un alibi, voilà tout ! Qu'elle fût ou non une maquerelle n'avait, au fond, pas d'importance. Elle avait fait un faux témoignage et il était tout à fait légitime qu'elle fût punie. Madame de Grimonpré s'était laissé embobiner par un petit voyou et cet arriviste de Montignac cherchait à exploiter sa crédulité. Il n'avait rien à gagner à continuer de s'associer à cette mascarade. Il annonça qu'il renonçait à défendre Eugène et qu'il était, par ailleurs, invité à souper. Aussi demanda-t-il à la maîtresse de maison l'autorisation de se retirer.

Il s'apprêtait à partir lorsque Madame de Grimonpré, qui l'avait accompagné dans l'entrée, lui demanda :

— Votre décision est prise, Monsieur Lousteau, vous nous abandonnez ?

Lousteau tenta de la convaincre de ne pas poursuivre cette entreprise vouée à l'échec, allant jusqu'à sous-entendre que Montignac était un affabulateur. Madame de Grimonpré lui donna son congé plutôt sèchement. Lorsque la porte se referma sur lui, Lousteau comprit qu'il ne mettrait plus jamais les pieds dans cette maison. Constatation d'autant plus cruelle qu'en abandonnant la place, il laissait Montignac seul avec Madame de Grimonpré.

Lousteau s'éloigna plein de noires pensées, de celles qui peuvent traverser l'esprit d'un Roméo convaincu d'avoir laissé sa Juliette à la merci d'un Don Juan sans scrupule.

XV

Antonin n'avait pas attendu Montignac pour s'intéresser à la vie de Langis. Récolter des informations était d'ailleurs, pour lui, une seconde nature. Elles venaient à lui naturellement dans son activité quotidienne.

Quand vous êtes commerçant, ou même artisan, vous avez toujours quelque chose à faire avant de commencer votre journée. Charger ou décharger une charrette, nettoyer un local, faire une course… Il suffisait pour Antonin d'être là au bon moment. Antonin était « un bon p'tit gars », toujours souriant, qui prenait soin de lui autant qu'il le pouvait et qui ne rechignait pas à la tâche. On lui donnait cinq sous, dix sous, ou parfois simplement un bol de soupe avec un morceau de pain. Antonin était liant et quand on est commerçant, on aime parler aux gens, n'est-ce pas ? Il lui suffisait de lancer la conversation et ça venait tout seul. C'est ainsi qu'il apprit que Langis avait un domestique et une bonne à tout faire.

Commençons par le domestique. Un ancien militaire. « Si je n'avais pas parlé avec lui un jour, j'aurais cru qu'il était muet, c't'homme-là. Et mal aimable avec ça ! » disait de lui la mercière. Après le décès de Langis, ledit domestique avait trouvé une chambre au dernier étage d'un immeuble non loin de l'hôtel particulier du financier. On le voyait passer tous les jours à la même heure. Il portait une capote à laquelle il manquait quelques boutons en guise de redingote, un chapeau lustré et une canne à pommeau d'argent qu'il avait dû barboter au moment où il avait compris qu'il allait se retrouver sans ressources. Il faisait chaque fois le même trajet pour se rendre au bureau de placement et ne s'autorisait des variations qu'au retour. Il lui fallait en effet passer le temps jusqu'à six heures et demie, heure à laquelle il se rendait dans un bouillon pour dîner. Antonin comprit très vite que « cet homme-là », pour reprendre l'expression de la mercière, ne parlerait pas. Inutile de perdre son temps avec lui. Il emporterait dans sa tombe les secrets de Langis. Il savait sans doute des choses sur ce qui s'était passé le soir du décès. Les avait-il révélées aux enquêteurs ? Si c'était le cas, il n'en était fait mention nulle part.

La bonne à tout faire était Madame Lebras. Tout le contraire de l'ancien domestique. Petite, la quarantaine, un peu boulotte, un fichu sur la tête et portant toujours le même tablier, elle était, au contraire du militaire, très affable et parlait facilement, pourvu qu'on lui donnât une petite pièce. Madame Lebras n'était pas logée dans l'hôtel particulier de Langis. Chaque matin, elle faisait les courses avant de venir préparer le repas. Celui du soir, car Monsieur Langis déjeunait en ville. Puis elle s'occupait du linge et faisait un peu de ménage. (On faisait venir quelqu'un une fois par mois pour les gros travaux de nettoyage.) Elle rentrait chez elle en milieu d'après-midi.

C'est par Madame Lebras qu'Antonin apprit que Langis avait une maîtresse. Une maîtresse qu'il voyait deux fois par semaine. Comment pouvait-elle le savoir, puisqu'elle rentrait chez elle chaque jour une fois son travail accompli ? Vous oubliez qu'elle s'occupait du linge de Langis. Une lingère peut vous dire ce que vous avez fait pendant la nuit en regardant vos draps… Madame Lebras n'avait, en revanche, aucune idée de l'identité de l'élue.

Antonin mit donc son réseau d'informateurs sur la piste. Il ne tarda pas à obtenir l'information qu'il recherchait. La maîtresse de Langis était une cocotte. Sa mère avait « travaillé en maison », si vous voyez ce que je veux dire, ce qui explique qu'elle était connue des filles qu'Antonin recrutait occasionnellement pour les soirées de Mortemart. Elle avait pour surnom la Florentine.

*

Antonin jugea que son enquête eût été incomplète sans une visite chez Langis. Celui-ci habitait un de ces hôtels particuliers comme on en trouvait en flânant dans le Paris d'avant l'extension aux nouveaux quartiers. Depuis la rue, on ne voyait qu'un mur percé d'un porche qui s'ouvrait – rarement – sur une cour pavée. Une cour tout juste assez grande pour y faire manœuvrer un tilbury. Le corps de bâtiment principal était dissymétrique : il n'avait que quatre travées, le bâtisseur n'ayant, sans doute, pas pu acquérir à temps la maison voisine, et la demeure était passée entre les mains de quelqu'un d'autre qui n'en avait pas les moyens. Le rez-de-chaussée était agrémenté de bossages et séparé des deux étages supérieurs par une corniche. Au premier étage, les fenêtres étaient surmontées d'une table saillante et d'un fronton alternativement triangulaire ou cintré. Le tout était couronné par un attique et un toit à la Mansard. La dissymétrie se retrouvait dans la cour, puisque seule une aile avait été construite.

On pourrait croire, à la lecture de cette description, à un certain faste. À y regarder de plus près, il n'en était rien. Les pierres étaient noircies, de la mousse proliférait sous les corniches et à la jonction entre la façade et l'aile, et des carreaux manquaient aux fenêtres du deuxième étage et de l'attique.

Le bâtiment était sous scellés. Antonin jugea qu'il n'était pas tenu par une telle décision, vu le peu de cas que la justice avait fait du droit lors du procès de Florine. À condition, bien sûr d'être discret. Il attendit donc qu'il fît nuit noire pour escalader le mur de façade. La porte du logis était cadenassée et les volets intérieurs des fenêtres avaient été fermés. Antonin repéra toutefois que l'une des fenêtres de l'aile n'avait pas de volet intérieur. Il est vrai qu'elle était bien petite et à l'étage. Petite, mais suffisamment grande pour qu'un adolescent plutôt mince, voire même chétif, pût passer. Agile comme un chat, il se hissa au premier étage du bâtiment. Ouvrir la fenêtre ne lui prit pas beaucoup de temps. Il se glissa à l'intérieur et entreprit la visite des lieux.

Antonin avait apporté une lampe à huile. C'était très étrange, et même un peu angoissant. Pas simplement parce que la lampe diffusait un halo de lumière jaune qui laissait dans l'ombre des portions entières des pièces qu'il traversait, des recoins peuplés d'objets bizarres, des masques, des statuettes grimaçantes, des animaux empaillés, mais parce que tout avait été laissé en l'état depuis le soir du décès et qu'on pouvait s'attendre à tout moment à voir surgir quelqu'un. La table du dernier repas de Langis n'avait même pas été débarrassée. On y trouvait encore un verre de vin à moitié plein, une assiette sale et un morceau de pain. Le domestique avait-il congé ce soir-là ? C'était sans doute ce qu'il avait prétendu à la police qui n'avait pas cherché à vérifier. Une pièce, cependant, faisait exception. Elle avait été mise sens dessus dessous. Elle était occupée par un bureau dont les tiroirs avaient été vidés, un secrétaire dont la porte avait été forcée et une bibliothèque dont les livres étaient dispersés sur le sol. Avait-elle été fouillée par les assassins ? Les documents qu'elle contenait avaient-ils été saisis ? Montignac se fut sans doute posé la question si Antonin lui en avait parlé. Il omit de le faire. Antonin cherchait des traces des trois malfrats, il ne se posait pas de questions sur leurs motivations. Comme il manquait d'expérience, il ne releva même pas le sang séché sur le plateau en marbre du buffet dans le salon.

La dernière pièce qu'il visita fut la cuisine. Quel dommage, toutes ces provisions qui restaient dans les placards ! Et encore, il ne visita pas le cellier ! Il y avait de quoi nourrir sa famille pendant… un mois ! De l'huile, qui était devenue si chère. Des condiments qui lui étaient inconnus et qui avaient des senteurs insolites. Des bocaux, des boîtes de conserve… Antonin songea un moment à revenir avec son petit frère. Mais c'eût été du vol. Antonin n'était pas un voleur. Parce que, attention ! chaparder n'est pas voler. Antonin avait un code de bonne conduite bien à lui. Un code de bonne conduite qui prenait en compte l'extrême précarité dans laquelle sa famille se trouvait.

Il se résolut à quitter l'hôtel particulier à regret. Il eût aimé emporter une bouteille d'huile, mais elle risquait de se casser lorsqu'il sauterait du premier étage. Il se contenta d'une boîte de conserve et d'un petit sac de fèves. Histoire de ne pas rentrer bredouille.

XVI

Il faisait chaud. On avait ouvert les fenêtres, mais l'air ne circulait pas. Les messieurs restaient stoïques, épongeant discrètement leur front luisant avec un mouchoir blanc. Les dames agitaient un éventail. On bavardait, de tout, de rien. L'essentiel était d'être là. Des groupes s'étaient formés par affinité ou par intérêt. Dans l'un d'eux, Van den Boynans, un attaché d'ambassade, cherchait à épater son monde en parlant de littérature française :

— Avez-vous lu le dernier roman de Théophile Gautier ?

— *Le Capitaine Fracasse* ? Quelle imagination ! Entre nous, je préfère largement les romans de M. Gautier, même s'ils sont plus légers, à ceux de Victor Hugo. *Les Misérables*, par exemple. Que de sentimentalisme !

— Je vous avouerais que je n'ai jamais rien lu de votre M. Hugo. Je n'aime pas les histoires de pauvres.

Hubert de Mareuil, le fondé de pouvoir de la banque Iffiniach, dit d'une voix sentencieuse :

— Je considère qu'il n'y plus d'auteur véritable en France depuis la mort de Balzac.

Un peu plus loin, des parlementaires parlaient de politique extérieure. L'armée faisait du bon boulot. L'insurrection avait été matée en Cochinchine et, au Mexique, ça prenait une bien meilleure tournure. Vaudreuil, un député de la Haute-Marne, s'en félicitait :

— Le corps expéditionnaire a mis le siège devant Puebla.

— Vous datez, mon cher. Puebla est tombée !

Un général aux épaulettes dorées et aux nombreuses décorations se mêla de la conversation :

— La Légion s'est illustrée à Camerone. Soixante-cinq légionnaires ont résisté à deux mille Mexicains !

— Tout ça coûte quand même fort cher, dit Lecerf, qui ramenait toujours tout à une affaire d'argent. À propos, que pensez-vous du « Crédit Lyonnais » que vient de lancer Monsieur Germain[24] ? J'ai pris des parts. Et vous ?

— J'attends de voir. Je me méfie de ce genre d'établissements de crédit qui, bien souvent, n'ont qu'une existence éphémère.

Au centre de la pièce, le vicomte de Balmont pérorait au milieu d'un cercle de jeunes femmes. Il était allé au Salon des Refusés[25].

— Est-il vrai que M. Manet y présente un tableau qui représente une prostituée[26] ? lui demanda-t-on.

Ces dames gloussèrent, la main devant la bouche. Madame Dombreuil, une accorte quinquagénaire, intervint pour les rappeler à plus de retenue. Madame de Pontchartrain, qui n'avait pas été la dernière à pouffer de rire, se demanda à voix haute pourquoi les peintres peignaient toujours les femmes nues.

Hugues de Mortemart promenait son ennui d'un groupe à l'autre. Il était venu seul. Madame de Grimonpré lui battait froid. Ça lui passerait. Elle reviendrait vers lui. Mortemart ne lisait pas, n'aimait pas la peinture et ne s'intéressait que modérément à la politique extérieure. À vrai dire, Mortemart s'intéressait surtout à lui, à sa collection d'objets précieux chinois et à ses parties fines. Pour celles-ci, d'ailleurs, il lui faudrait trouver un remplaçant au gamin qui le fournissait. Ou peut-être pas, au fond. Il suffisait de le faire attendre quelques semaines. Le gamin avait besoin d'argent. Il reviendrait tout penaud et Mortemart fixerait ses conditions.

Mortemart était venu pour rencontrer Coursigny. Monsieur de Coursigny répugnait à le rencontrer à la banque, peu désireux qu'on le voie traiter avec un homme à la réputation sulfureuse et aux mœurs scandaleuses. Il était en grande discussion avec Fould. Quand il eut terminé, il fit signe à Mortemart de s'approcher et le prit à part.

— Des nouvelles de notre petit journaliste ?

— Fournier l'a rencontré. Il a compris la leçon.

— Je m'en doutais. Ça ressemblait plus à un canular qu'à une menace. Vous pouvez le laisser tranquille, maintenant. Il peut nous être utile à l'avenir.

— Nous pourrions continuer de le surveiller une ou deux semaines.

— Ça ne sera pas nécessaire, je connais ce genre d'homme. C'est un timoré. Il va se tenir à carreau. Et je n'aime pas les dépenses inutiles.

Pour ce que ça coûtait…

— Bien, Monsieur.

Coursigny s'éloigna. Balmont prit sa place, un verre à la main.

— Tiens, Mortemart, vous n'êtes pas avec Madame de Grimonpré ?

— Non, elle est souffrante.

— À propos… Je l'ai vue l'autre jour dans le salon de Monsieur Archambaud.

Mortemart se raidit. La garce. Elle allait le payer. Si elle voulait la guerre, elle l'aurait. Il connaissait son point faible, la donation de son mari. Mais comment faire ? C'était de l'histoire ancienne. Coursigny ? Il ne pouvait rien attendre de lui. Coursigny considérait que l'affaire était classée et il détestait revenir sur une décision. Plaider le vice de forme ? Ça devait pouvoir se faire avec un bon juriste. Le problème, c'était Archambaud. Archambaud était au mieux avec Haussmann et avec Boudet. Ce qui n'était pas le cas de Coursigny, trop proche de la Cour. Si la Grimonpré avait le soutien d'Archambaud, le juge hésiterait à s'attaquer à elle. À moins d'avoir un dossier solide. L'occasion viendrait. Mortemart avait la rancune tenace.

Mortemart eut soudain une bouffée de chaleur. Une sensation de chaleur malsaine, qui n'avait rien à voir avec la température ambiante. Il se mit à transpirer. Lorsqu'il prit un verre de champagne sur un plateau que lui tendait un domestique en livrée, sa main tremblait. Il fallait partir, vite. Ça se produisait de plus en plus fréquemment. C'était d'autant plus ennuyeux que, sans Antonin, il lui était plus difficile de se procurer de quoi préparer ses boulettes d'opium.

XVII

Mon cher collègue,

J'ai effectué les recherches que vous m'avez demandées au sujet de Francois-Marie de Saunier-Langis et de sa famille. François-Marie de Saunier-Langis est issu de la branche cadette de la famille Langis, très connue dans notre département. Louis-Etienne Langis, l'arrière-grand-père de François-Marie, a eu deux fils. L'aîné, Jean-Marie-Étienne, s'est engagé dans l'armée de Monsieur de Charette[27]*. Il a échappé aux poursuites à l'issue des guerres de Vendée et a vécu caché jusqu'à la Restauration. Le roi Louis XVIII a reconnu sa bravoure et sa fidélité et l'a anobli en lui donnant la seigneurie de Chaigner. C'est de lui que descendent les Chaigner-Langis. Le cadet, Pierre-Antoine, a suivi une voie très différente. Il a fait fortune en achetant des biens nationaux et s'est installé à Château-Gontier. Il a soutenu l'Empereur jusqu'à son départ pour l'île d'Elbe. Il a connu une période de disgrâce au retour des Bourbon, mais il a su rapidement retrouver sa place dans la bonne société de Château-Gontier. Jaloux du titre de noblesse de son frère, il a cherché parmi les terres qu'il avait achetées celles qui pouvaient lui rapporter, sinon un titre, du moins une particule. Il a demandé et obtenu de transformer son nom en Saunier-Langis.*

Le père de François-Marie de Saunier-Langis, Georges-Antoine, était l'unique fils de Pierre-Antoine. C'était un homme austère et autoritaire. Il se querellait souvent avec son fils qui avait la réputation d'être un noceur et un coureur de jupons.

En 1856, François-Marie de Saunier-Langis a séduit la fille d'un gros propriétaire et l'a engrossée. Le père de la fille a engagé des poursuites et François-Marie s'est enrôlé dans l'armée pour éviter d'être arrêté. D'après des informations de première main que j'ai pu obtenir, il aurait suivi le corps expéditionnaire français en Chine où il serait resté après le retour de nos soldats. Il ne serait rentré en France que plus tard.

Georges-Antoine de Saunier-Langis est décédé peu de temps après le départ de son fils. Avant de mourir, il l'a déshérité au profit des œuvres de la paroisse. La demoiselle que François-Marie a engrossée a été envoyée dans un couvent et sa fille a été placée dans un orphelinat.

Voilà tout ce que je peux vous dire de ce garçon. J'espère que vous pourrez en tirer tout le profit que vous souhaitez.

Je vous prie de recevoir, mon cher collègue, l'expression de ma considération distinguée.

Montignac replia la lettre qu'il venait de recevoir du correspondant du *Petit Journal* dans le département de la Mayenne. Elle complétait les informations qu'avait glanées Antonin. Celui-ci lui avait révélé, ce que nous savons déjà, que Langis avait une maîtresse, une cocotte connue sous le nom de la Florentine, et qu'il avait deux domestiques. Entre-temps, Antonin avait progressé dans ses recherches. Il avait appris que Langis avait peu ou pas d'amis, exception faite d'un ancien militaire (un autre), un vétéran de l'expédition en Chine qu'il secourait. Était-ce un véritable ami ou bien celui-ci lui rendait-il de menus services ? À part ça, Langis passait ses journées à l'extérieur de chez lui, sans doute pour ses affaires. Il recevait parfois le soir un homme de grande taille. Il sortait une ou deux fois par semaine au bras de la Florentine. Un homme sans histoires, en quelque sorte. Souvent, les hommes sans histoires cachent leur histoire.

Important, ça, une maîtresse ! Montignac aurait dû commencer par là. Chercher la femme. La première chose à faire était de rencontrer la Florentine pour la faire parler. Pas facile de faire parler une cocotte. Allons, Montignac, un peu d'imagination !

XVIII

Si vos pas vous avaient mené(e) au jardin du Luxembourg en ce lundi 13 juillet 1863, vous eussiez remarqué une jeune femme modestement assise sur le rebord d'un banc. À première vue, rien n'attirait l'attention sur elle. Elle portait une tenue d'une grande sobriété. Une robe à rayures verticales avec un discret rembourrage au niveau des reins, une courte cape grise, un de ces petits chapeaux auxquels on donne le joli nom de bibi et de délicieuses bottines vernies qui laissaient deviner la finesse de sa cheville. Mais il y avait en elle ce petit quelque chose qui retient le regard, et en particulier celui des hommes. Valentina Bernuschi avait cette beauté qu'ont les Italiennes lorsqu'elles ont trente ans et qui, malheureusement, s'évanouit rapidement plus tard, lorsque leur visage s'empâte et que la douceur de leurs formes devient embonpoint. Un visage ovale au teint crémeux, des cheveux d'un noir de jais ramenés vers l'arrière pour former un chignon descendant sur la nuque, une petite bouche, un joli nez, de grands yeux noirs relevés par l'arc parfait de ses sourcils, un air rêveur… À la voir ainsi, les yeux perdus dans le lointain, faisant tourner machinalement le manche de son ombrelle entre ses mains, vous eussiez été pris de compassion et n'auriez pas manqué de faire un pas vers elle pour vous enquérir de la cause de son apparent désarroi. Et puis, comme tous les hommes qui passaient devant elle depuis une semaine, car cela faisait une semaine qu'elle venait chaque jour se poster à cet endroit, vous eussiez passé votre chemin. On n'aborde pas une jeune femme de la sorte. Et on a suffisamment de soucis comme ça pour se charger, en plus, de ceux des autres.

S'il se fut trouvé quelqu'une de ses connaissances passant dans l'allée au bras de son amant, on aurait tôt fait de murmurer, dans le petit cercle des demi-mondaines, que la Florentine était en quête d'une bonne fortune dans les jardins publics. Heureusement pour Valentina Bernuschi, de son vrai nom Fernande Lebrun, les dames du demi-monde ne sortent pas en début d'après-midi. Ladite quête était restée jusqu'alors infructueuse, mais Valentina savait qu'il lui fallait être patiente. Ce n'était pas à elle de faire le premier pas. Et elle était plutôt optimiste, bien que son visage n'exprimât rien d'autre qu'une grande nostalgie. Non loin d'elle, de l'autre côté de l'allée, un jeune homme bien mis, quoique d'une élégance un peu démodée, du genre province, avait pris place sur un banc. Pour l'heure, il faisait mine d'être plongé dans la lecture du journal *La Presse*. Valentina savait bien que c'était une posture et qu'il la surveillait du coin de l'œil. Valentina n'avait rien contre les provinciaux. Certes, ils sont empotés et, en général, plutôt économes, mais cela avait un avantage. Ils n'étaient pas couverts de dettes. Il n'y avait rien de plus décourageant que de découvrir que le jeune homme spirituel et élégant dont vous avez fait la conquête un soir est poursuivi par des créanciers !

Toutes ces considérations, on l'aura compris, ne servent qu'à meubler. En vérité, Valentina commençait à se poser de sérieuses questions. Était-il possible d'être aussi godiche ? Elle se résolut à user d'un artifice aussi grossier qu'éculé qu'elle ne se serait pas permis avec un parisien. Elle se leva en poussant un grand soupir et en serrant dans sa main un petit mouchoir en baptiste blanc. En passant devant le banc sur lequel était assis le timide provincial, le mouchoir tomba par inadvertance à ses pieds. Enchanté de cette aubaine qui lui permettait d'adresser la parole à cette ravissante inconnue, le jeune homme ramassa l'appât et le tendit à Valentina.

L'œil humide de la jeune femme acheva de refermer sur lui le piège de la séduction.

*

Qu'y a-t-il de plus émouvant qu'une femme, à n'en pas douter l'une des plus belles de Paris, qui vous narre, en s'interrompant régulièrement pour contenir ses larmes, ses déconvenues sentimentales ? Elle avait cru au grand amour lorsqu'un homme d'une quarantaine d'années l'avait séduite, promettant de tout abandonner pour elle et de mettre à ses pieds sa fortune, ce dont elle se moquait bien, car elle était accoutumée à une vie modeste et préférait vivre pauvre et heureuse plutôt que dans la richesse et l'hypocrisie. Hélas ! L'homme n'était qu'un vil suborneur. Il l'avait abandonnée après qu'elle lui eut donné ce qu'il attendait. Ici Valentina éclata en sanglots et Gaston Lambert, le jeune provincial (appelez-moi Jacques, c'est mon deuxième prénom), Jacques, donc, ne put se retenir de la serrer dans ses bras. Valentina avait perdu le goût de vivre depuis ce jour funeste. Jacques se promit de faire de nouveau éclore un sourire sur ce beau visage. Justement, il avait en poche deux billets pour les Folies-Dramatiques qu'un ami lui avait donnés. Ah, Monsieur, je veux bien vous accompagner, mais je crains de ne pas vous faire honneur, et même de renifler pendant le spectacle !

En vérité, Valentina était trop heureuse de montrer à ses amies (mais peut-on vraiment parler d'amies dans ce milieu où la concurrence était féroce ?) qu'elle était de nouveau accompagnée pour faire la fine bouche. Ce retour n'eut rien de triomphant. Valentina et Jacques allèrent rue de Bondy[28] à pied et Balzac nous a appris ce que l'expression « à pied » pouvait avoir de désobligeant pour une cocotte[29]. Jacques était habillé comme le fils d'un notaire de province en visite chez un cousin Parisien et Valentina avait gardé sa robe à rayures. Une femme qui préfère mener une existence modeste plutôt qu'une vie superficielle ne pouvait décemment pas s'afficher autrement. Mais Valentina était Valentina. Sa beauté naturelle sublimait sa tenue bourgeoise. Avez-vous vu la Florentine ? Elle est de retour. Avec un jeune homme qui m'a tout l'air d'être un provincial. Elle aura tôt fait de le plumer, celui-là !

*

À la fin du spectacle, Valentina et Jacques s'éclipsèrent. Valentina ne tenait pas à rencontrer quelqu'un qui aurait pu dessiller Jacques. Celui-ci héla un fiacre et lui proposa de la déposer chez elle. Après quelques minutes dans l'obscurité pendant lesquelles Jacques lui tint les mains sans parler, Valentina eut la surprise de se retrouver devant la porte d'un hôtel. Un hôtel sans prétention. Ce Jacques était décidément un provincial indécrottable. Non seulement il ne l'avait pas invitée à souper, mais il avait choisi pour son séjour à Paris un hôtel tout à fait banal. Heureusement, il demanda à la réception qu'on leur montât une collation. Valentina se sentait défaillir, il fallait qu'elle mange quelque chose.

*

Non seulement cette femme était ravissante, mais elle était une amoureuse passionnée, ce qui, il faut bien le reconnaître, n'était guère compatible avec l'histoire qu'elle avait racontée à Jacques quelques heures plus tôt. Celui-ci ne parut pas s'en rendre compte. Les hommes ont toujours tendance, dans ces cas-là, à croire que ce sont leurs prouesses amoureuses qui déchaînent la passion de leur partenaire. Deux heures du matin venaient de sonner à Saint-Eustache lorsque les deux amants s'accordèrent une pause. Jacques alluma une veilleuse. Il ne pouvait se lasser de contempler le doux visage de Valentina. Celle-ci, fine mouche, entreprit de le faire parler. Elle avait besoin de savoir s'il avait du répondant.

Jacques était le fils d'une bonne famille habitant en Mayenne. Son père avait du bien et sa mère une solide dot. Il était l'aîné et avait deux sœurs, dont l'une avait pris le voile. Il était venu à Paris à la demande de Madame Langis, une amie de sa mère. Valentina eut un geste de surprise quand Jacques lui fit cette révélation. Vous connaissez Madame Langis ? demanda-t-il. Valentina eut un geste de dénégation et le laissa poursuivre. Madame Langis, donc, aurait aimé que le corps de son fils, décédé peu de temps auparavant dans des circonstances mystérieuses, fût rapatrié à Château-Gontier pour être enterré dans le caveau de famille. Elle avait chargé Jacques de s'occuper des formalités. Valentina était songeuse.

— Qu'avez-vous ? Vous me cachez quelque chose ?

Autant en parler tout de suite, il finirait par le savoir.

— J'ai très bien connu Monsieur de Saunier-Langis. Il avait son hôtel particulier près d'ici et nous a souvent invités, Monsieur du Plessis et moi (c'était le nom qu'elle avait donné à son suborneur).

Jacques parut aussitôt très intéressé.

— Peut-être pouvez-vous m'aider ? Voyez-vous, Madame Langis et son fils étaient brouillés. Ou plutôt, feu Monsieur Langis était brouillé avec son fils. Or, Madame Langis aimerait savoir ce qu'il a fait pendant toutes les années qu'il a passées loin d'elle. Elle sait peu de choses de lui. Qu'il s'est engagé dans l'armée et qu'il a passé quelques années en Chine, mais c'est tout. Elle m'a demandé de prendre contact, si c'était possible, avec des personnes qui l'ont connu.

Valentina était bien embêtée… L'affaire se compliquait.

— Vous savez, je ne savais pas grand-chose de lui, hormis son passage en Chine.

— Vous ne connaissez personne qui pourrait m'aider ? Je n'ai pas l'intention de mener une enquête poussée sur lui, il me suffirait de pouvoir dire à Madame Langis : il est allé là, il y a exercé tel métier, et puis il est revenu en France en telle année… Savez-vous s'il était marié ? Ou s'il avait une… Maîtresse ?

Jacques avait hésité à prononcer ce mot. Encore un trait de provincial !

— Je ne crois pas qu'il avait une maîtresse. Je ne l'ai jamais vu accompagné par une femme. Et puis, vous savez, dans le quartier où je vis, cela se saurait. En revanche, je l'ai vu plusieurs fois en compagnie d'un ancien militaire. Je crois qu'ils étaient ensemble en Chine. Un dénommé Hippolyte Brageot. Il a habité quelque temps dans notre quartier, mais j'ignore ce qu'il est devenu. Je vous préviens, ce n'est pas un homme très fréquentable. Je me suis toujours demandé ce que Monsieur de Saunier-Langis lui trouvait. Mais ne dit-on pas que les amitiés qui se sont forgées pendant la guerre sont indestructibles ?

Valentina jugea qu'elle en avait assez dit. Quelle suite donnerait-elle à sa relation avec Jacques ? On verrait plus tard. Comment réagirait-il, d'ailleurs, lorsqu'il apprendrait la vérité ? Tout dépendrait de l'attachement qu'il éprouvait pour elle. L'attachement d'un homme pour une femme comme elle, ça se travaille. Elle passa une jambe par-dessus la cuisse de Jacques et sa bouche s'approcha de ses lèvres…

*

Lorsque Montignac se présenta au siège du journal, il avait les yeux cernés et les cheveux en bataille, mais il était de fort bonne humeur. Il avait passé la nuit dans les bras d'une femme sublime, avec laquelle il avait connu des moments de plaisir intense, et il avait progressé dans son enquête. Saunier-Langis n'avait probablement pas eu d'autre maîtresse que Valentina Bernuschi. Et il avait obtenu d'elle une piste. Celle d'un ancien militaire, Hippolyte Brageot. Il allait mettre Antonin sur sa piste pour le retrouver.

*

Et Valentina, qu'en avait-elle pensé ? Elle était restée au lit et s'étirait comme une chatte voluptueuse. Il était charmant, ce Jacques. Bien sûr, ce n'était pas un gros poisson, mais retrouverait-elle un gros poisson comme le baron Peyrard ? C'est qu'elle n'était plus toute jeune. Pour une cocotte, s'entend. Et puis, ce n'était pas un gros poisson, mais c'était quand même un petit poisson… Un fils de notaire, ou de gros propriétaire. Dix mille livres de rente annuelle ? Valentina fit la moue. Pas de quoi mener la grande vie.

Valentina soupira. Quel dommage, quand même, qu'il habite en province. S'il tenait vraiment à elle, il monterait à Paris. Il avait l'air accroché. Il avait même laissé entendre qu'il resterait quelques jours de plus.

Le problème des petits poissons, c'est qu'on les croque assez vite. Pour un peu, elle aurait trouvé ça injuste. Mais, un petit poisson, on peut aussi le prendre comme amant de cœur. Pas sûr qu'il accepte. Les provinciaux ont souvent des principes. Elle enfouit sa tête dans son oreiller. Passer ne serait-ce que quelques semaines avec lui… Elle eut soudain une idée. Pile, il chercherait à la revoir, face, il rentrerait directement en province. Elle se leva pour aller chercher une pièce de cinq sous. La pièce roula sous le lit et elle dut s'allonger par terre pour la récupérer. La pièce avait atterri au beau milieu d'une toile d'araignée. Pouah ! Mais c'était pile. Valentina s'endormit rassurée. Valentina était superstitieuse.

XIX

« Langis ? Un type épatant. » Hippolyte Brageot l'avait connu sur le bateau pour aller là-bas, en Chine. C'était quelque chose, ce voyage. « On était tous malades ! Y en a qu'on a dû débarquer en cours de route. Je sais même pas si y a pas eu des morts. »

Brageot buvait comme un trou, chiquait et crachait. Une caricature d'ancien militaire. Dommage qu'ils n'aient pas été dans la même unité, Langis et lui. « Langis a été affecté à l'état-major, rapport à son instruction. Un gars qui savait rigoler. Et lever le coude ! » C'était pas rigolo tous les jours là-bas. On s'était vraiment battu. Les gens s'imaginaient que c'était de la rigolade parce que c'étaient des Chinois. Mais ils savent se battre, ces gens-là. Il en avait perdu, des copains. Et lui, il s'était pris une balle dans la jambe. C'était pour ça qu'il boitait. Ça lui faisait encore mal quand le temps se mettait à la pluie. « J'ai dégusté, quand on a retiré la balle. On fait ça à vif. Un bon coup de gnôle et que je te charcute. C'est pas fait pour les demoiselles, l'armée. Vous voyez ce que je veux dire ! » (Et on se renvoie un gobelet dans le gosier !) « Deux semaines après, on repart au combat. D'un autre côté, on se fait des potes. Enfin, si on veut. Une fois revenu en France, y a plus personne pour vous aider… » Là-bas, il y avait tout ce qu'il fallait pour se remonter le moral après la bataille. « Les petites Chinoises, je vous dis pas… De sacrées friponnes. Ah la la, on s'en est payé ! Elles se ressemblent toutes, mais y a pas à s'en faire, elles sont toutes aussi bonnes… Eh ben vous voyez, une fois revenu en France, j'ai regretté de ne pas être resté là-bas. Vous croyez qu'on se serait occupé de nous au retour ? Tu parles. Débrouille-toi mon gars, on veut plus te voir. » Sauf ceux qui ont accepté de rempiler pour partir au Mexique. « Très peu pour moi. Paraît que là-bas, c'est autre chose. Ceux qui sont revenus sont pas près de repartir. D'ailleurs, ça se passe pas bien. Si, si, j'vous assure. On nous dore la pilule, mais pourquoi vous croyez qu'on a envoyé un nouveau contingent ? Moi, ici, avec ma jambe qui traîne, je trouve pas de boulot. Heureusement que j'ai retrouvé Langis. Il était devenu un Monsieur, mais il m'a reconnu. Il m'a sorti de la panade. Ben alors Hippolyte, qu'il m'a dit, qu'est-ce que tu deviens ? Ben ça va pas fort, M'sieur Langis, je lui ai dit. Il me donnait des trucs à faire. Coursier. C'est-y pas drôle ! Un coursier qui serait bien incapable de courir ! Je sais bien qu'il fait ça pour m'aider. Je donne aussi des coups de main sur des chantiers. J'ai de la force dans les bras… »

Et ça a continué comme ça pendant une demi-heure. Un vrai moulin à paroles. Tout ça pour rien ! Parce que, s'il faisait le bilan, Montignac, il n'avait pas tiré grand-chose de la Florentine et du militaire. Enfin, pas grand-chose… En termes d'informations. Il ne fallait pas cracher dans la soupe, il avait fait connaissance de la Florentine. Ce n'était pas rien !

Montignac poussa un soupir. Cette enquête était un vrai casse-tête. À chaque fois qu'il ouvrait une porte, c'était pour s'apercevoir qu'il n'y avait rien derrière.

Allez, Antonin, bouge-toi ! Trouve-moi autre chose !

XX

— La Florentine ? Attendez… Ça me dit quelque chose. C'était quand je débutais. Dans les années 1855, ou un peu avant. Mais je ne peux pas vous être d'un grand secours, j'avais trop de choses à découvrir à l'époque.

Rimbert, responsable de la chronique des spectacles au *Petit Journal,* regarda autour de lui.

— Vous pourriez demander à Joseph. C'est la mémoire de la profession.

L'homme qu'il désignait était un vieillard tout ridé aux rares cheveux blancs qui descendaient sur ses épaules. On le voyait chaque jour à la même place au bouillon Clément, un verre d'absinthe qu'il contemplait avec mélancolie posé devant lui et les doigts crispés sur le journal du jour soigneusement plié. Il portait une redingote verte, toujours la même, et une lavallière d'un rose délavé. Joseph avait été un échotier dont les révélations étaient redoutées. L'âge venant, il avait perdu de son influence et on l'avait mis à la retraite en lui donnant un petit pécule. Il n'avait pu se résoudre à quitter un quartier qui avait été toute sa vie et il venait tous les jours se mêler aux journalistes. Des journalistes dont certains, à mesure que le temps passait, ne l'avaient même pas connu ! On disait simplement de lui : c'est le Père Joseph, il n'arrive pas à décrocher. Rimbert se dirigea vers le vieil homme.

— Père Joseph, je vous présente Montignac, un journaliste qui travaille avec moi au *Petit Journal.*

Le père Joseph fit une grimace pour fixer Montignac. Ses yeux étaient couverts d'un voile laiteux. Il fit un signe de tête et désigna les sièges face à lui d'une main tremblante.

— Père Joseph, Montignac cherche des informations sur la Florentine. Ça vous dit quelque chose ?

Le père Joseph esquissa un sourire.

— Sûr que ça me dit quelque chose.

Sa voix était étrangement aiguë. Parfois elle se perdait au fond de sa gorge et il devait boire une lampée d'absinthe.

— Un beau brin de fille. Fallait la voir… Elle était mezzo-soprano. Elle a connu son heure de gloire en 1853 ou en 1854. On faisait le siège devant sa loge… Tous les hommes étaient amoureux d'elle… C'est le baron Peyrard qui a décroché la timbale. Il l'a traitée comme une princesse. Hôtel particulier, bijoux, chevaux, domestiques… Ça a duré six mois. Six mois pendant lesquels elle l'a trompé allégrement !

Le père Joseph s'était animé. Sa voix était plus ferme. Un peu comme s'il avait retrouvé la vigueur qu'il devait avoir à l'époque.

— Peyrard a fait faillite. Gros scandale. Il s'est suicidé. Le procureur a ouvert une enquête. Ça faisait des mois qu'il était insolvable, mais il était couvert par deux agents de change et son comptable. Qui était aussi son secrétaire particulier et qui maquillait ses comptes. Ils sont tombés tous les trois. Les agents de change ont pris douze ans et le comptable huit. Il a dû sortir de prison l'année dernière ou au début de cette année.

Le père Joseph reprit son souffle avant de poursuivre :

— Le bruit a couru que la Florentine avait contribué à l'enquête parce qu'elle avait des choses à se faire pardonner. Du temps où elle ne connaissait pas Peyrard. Après ça, elle était grillée. Un protecteur qui a de l'argent et qui n'a rien à cacher, ça n'existe pas. Plus personne ne voulait d'elle. Elle n'avait plus d'engagement non plus. Elle a connu la misère. Je ne sais pas ce qu'elle est devenue.

*

Chantage. À supposer, je dis bien à supposer, car Montignac répugnait à le penser, à supposer, donc, que la Florentine pût être impliquée, d'une manière ou d'une autre, dans cette sordide affaire Langis, l'explication la plus probable en était le chantage. Montignac, d'ailleurs, concevait fort bien l'enchaînement des événements. Lorsque le comptable était sorti de prison, il avait cherché un moyen de se rétablir rapidement. En tant que secrétaire particulier de Peyrard, il connaissait le secret de la Florentine et il avait décidé de faire chanter Langis. Ça se tenait, non ! Un homme avide de retrouver sa position et sans scrupule, un secret inavouable, un Langis amoureux de la Florentine – qui ne le serait pas ? – et prêt à défendre son honneur…

Non. Dans ce cas, Langis eût accepté de payer et ne se serait pas querellé avec les émissaires du personnage. À moins que… À moins que l'homme, comptable de formation, n'ait eu l'idée de se plonger dans les comptes de la compagnie de Langis et y ait détecté des irrégularités. On en revenait dans ce cas à une affaire de finance. Mais pourquoi l'aurait-il fait ? Réflexe de comptable. De comptable qui savait qu'il trouverait forcément quelque chose. Montignac en était persuadé, on ne pouvait pas faire fortune en restant honnête. Fort de ces deux arguments, l'homme avait dû se montrer très gourmand. Langis était doublement coincé. S'il voulait sauver l'honneur de la Florentine et éviter d'être accusé d'escroquerie, il lui fallait payer un maximum et Langis avait dû renâcler.

Tu as trop d'imagination, Montignac. On n'est pas dans un roman d'Émile Gaboriau[30]. Tu mènes une enquête dont dépendent la vie d'un homme et la liberté d'une femme[2]. Montignac se reprit. Qu'avait-il besoin de rajouter au scénario cette histoire d'arnaque financière ? Comme si l'honneur de la Florentine ne suffisait pas

---

2 Et aussi pour conquérir Madame de Grimonpré, non ?

à expliquer pourquoi Langis s'était emporté ! Mais quel secret le comptable menaçait-il de révéler ? Montignac était un gentleman. Il ne chercherait pas à le connaître. La Florentine avait le droit à l'oubli. L'oubli de ses fautes passées. Montignac savait que Valentina était une cocotte. Or, qu'est-ce qu'une cocotte ? Une femme qui a eu une enfance malheureuse. Un père violent, peut-être même alcoolique, une mère morte en couches, une adolescente livrée à la rue avec, pour seuls atouts, une voix d'ange et un corps de rêve… Montignac songea à la malédiction de ce destin tragique. Car, malgré cela, la Florentine n'avait-elle pas conservé en elle une part de sa pureté originelle ?

Montignac hocha pensivement la tête. N'était-il pas en train de s'emballer une fois de plus ? D'un autre côté, il n'avait pas d'autre piste. Montignac soupira. Le travail qui l'attendait n'était guère enthousiasmant. Il lui fallait éplucher les archives judiciaires pour retrouver la trace du comptable.

*

Montignac est à l'Académie impériale de musique[31]. Costume noir, cravate et gilet blancs, œillet rouge à la boutonnière. Il donne le bras à la Florentine. Elle porte une robe moirée en satin, un collier de perles et un diadème orné de pierres précieuses. Elle est très entourée. On la félicite pour son interprétation dans *La Reine de Saba*, de Charles Gounod. Soudain une rumeur enfle. Ils vont se marier. « Je voulais te faire une surprise, mon amour, j'ai tout arrangé. Les noces auront lieu au printemps prochain. » Cette fois, c'est Montignac, encore tout abasourdi par cette nouvelle, qui est entouré. Un homme se plante devant lui. Il porte un costume étriqué et des bésicles. Il lui parle de malversations dans la société de Saunier-Langis dont Montignac est le nouveau directeur. Clovis s'interpose entre eux, veste froissée et foulard noué autour du cou. Il se lance dans une tirade sur la politique italienne de l'empereur.

Autour d'eux, dans le hall du bâtiment occupé par le *Petit Journal*, on s'affaire. La Florentine a disparu. Montignac part à sa recherche. Il traverse un long couloir aux murs très hauts, puis un autre. Il est en veste d'intérieur et en caleçon. Madame de Grimonpré lui barre la route. Jacques, vous m'avez menti, vous êtes l'amant de Florine. C'est faux, c'est faux ! On lui glisse à l'oreille que la Florentine a des choses très importantes à lui révéler. Il sort sur le perron de l'église où devait être célébré son mariage. Un fiacre emporte la Florentine qui lui fait un signe d'adieu. Le cocher du fiacre n'est autre que Saunier-Langis en personne.

Mal à la tête. Mauvais goût dans la bouche. Trop bu la veille. Une soirée avec des collègues. Rimbert, le responsable de la chronique des spectacles, pérorait au sujet des comptes fantaisistes de la Caisse des travaux de la ville de Paris. Pourquoi donc lui avait-il parlé de la mort de Langis ? Montignac ne savait plus où il en était. N'avait-il pas abandonné trop tôt la piste financière ? Coursigny avait cherché à l'intimider et il s'était laissé impressionner… Mais il fallait se rendre à l'évidence, Montignac n'avait aucune envie de reprendre les hostilités contre le banquier. Il n'était pas de taille. Qui disait, d'ailleurs, en supposant que le mobile fût lié aux activités de la compagnie de Langis, que le coupable était Coursigny ? Langis ne devait pas manquer de concurrents jaloux de sa réussite. Mais était-ce vraiment une histoire de concurrence ? Rimbert parlait de malversations. D'argent détourné. De fausses factures. Qu'en savait-il ? Ce n'était pas son domaine. Mon Dieu que tout ça était compliqué… Montignac se dirigea vers un meuble bas sur lequel était posée une cuvette. Le miroir accroché au mur lui renvoya l'image d'un Montignac aux traits tirés. Pas beau à voir. Il versa de l'eau dans la cuvette. (Il faudrait penser à remplir le broc avant de partir.) Fallait-il qu'il se plonge dans la comptabilité de la compagnie de Langis ? À quoi bon ? De toute façon, on ne lui donnerait pas accès aux livres de comptes qui avaient dû être saisis. Alors, devait-il abandonner ?

Un fragment de son rêve lui revint en mémoire. La Florentine a des choses importantes à vous dire. Oui, c'était ça. Valentina ne lui avait pas tout dit au sujet de Langis. Et d'ailleurs, pourquoi l'aurait-elle fait, ils venaient tout juste de se rencontrer. Il ne pouvait pas croire que Langis, dont le correspondant du *Petit Journal* en Mayenne disait qu'il était un coureur de jupons, qui avait fui sa ville natale pour échapper à la vindicte d'un homme dont il avait séduit la fille, et qui avait mené la grande vie en Chine, entouré de petites Chinoises, soit devenu à son retour à Paris un homme rangé, sortant deux fois par semaine avec sa maîtresse. Ça ne collait pas avec l'idée qu'il se faisait du personnage. Il fallait continuer de creuser du côté de la vie privée de Langis. Peut-être revoir la Florentine. L'idée était séduisante. Joindre l'utile à l'agréable… Cette perspective le laissa songeur. Non pas qu'il eût des scrupules. La déontologie est une notion totalement étrangère au XIXe siècle. Mais il savait qu'il n'avait pas les moyens d'entretenir la Florentine. Qu'importe ! Ne dit-on pas que chaque cocotte a un amant de cœur ? Esther n'est-elle pas éperdument amoureuse de Lucien de Rubempré[32] ? Ah, Valentina, Valentina… la splendeur de ton corps… le velouté de ta peau… l'ardeur de tes baisers… l'ivresse du plaisir partagé…

Il trouverait aisément un prétexte pour expliquer pourquoi il n'était pas retourné à Château-Gontier. Dire, par exemple, qu'il ne pouvait se résoudre à quitter Paris sans la revoir. Mais il n'était pas, pour le moment, l'amant de cœur de la Florentine. S'il voulait la revoir, il lui faudrait se montrer un peu moins chiche que la fois précédente. Ce n'était pas le moment. Ce n'était jamais le moment, d'ailleurs. Le *Petit Journal* lui donnait cent francs par quinzaine à condition qu'il fournisse cinq articles qui soient publiés et quelques potins pour la chronique du jour, sorte de pot-pourri de tout ce que les collaborateurs du journal avaient pu glaner. Cent francs ! C'était ce qu'il lui faudrait dépenser en une soirée avec la Florentine. Emprunter ? À qui ? Il avait déjà une ardoise au bouillon Clément.

Demander de l'argent à Madame de Grimonpré en lui disant qu'il lui fallait payer ses informateurs ? L'idée lui fit horreur !

Il était dans l'impasse. Inapte à poursuivre les recherches au sujet de la compagnie de Langis. Au point mort du côté de la Florentine. Il se rasa et s'habilla machinalement. Marcher lui ferait du bien. Devant la porte de l'immeuble, Antonin l'attendait. Montignac l'accueillit froidement. Le gamin venait sans doute lui réclamer de l'argent. Montignac ne lui avait encore rien donné ce mois-ci.

— Patron, j'ai du nouveau !

— Quoi donc ?

— Saunier-Langis s'est battu en duel en novembre dernier. J'ai retrouvé un témoin. Le capitaine Verdier.

Montignac eut de la peine à cacher sa joie. Surtout ne rien laisser paraître. Antonin pourrait se montrer exigeant. Un duel… Enfin une piste sérieuse. C'était autre chose que cette histoire de comptable maître chanteur !

XXI

— Je doute qu'on puisse revenir sur l'ordonnance de non-lieu qui a débouté les neveux de Monsieur de Grimonpré.

Mortemart eut un geste de mauvaise humeur. Allez donc vous fier à un juriste ! Ces gens-là passent leur temps à vous démontrer que vous ne pouvez rien faire en s'appuyant sur des textes auxquels vous ne comprenez rien. Maître Basile Broteau regardait Mortemart avec ses yeux de myope.

— En revanche, il est possible de contester le bien-fondé de la donation.

L'expression de Mortemart changea aussitôt. Il fixa l'avocat avec la plus grande attention.

— La maison qu'occupe Madame de Grimonpré et la terre dont elle tire une rente annuelle de dix mille francs ont appartenu, avant la Révolution, au marquis de Quirampois. Lorsque celui-ci a émigré, ses biens ont été confisqués et vendus comme biens nationaux. Vous me suivez ?

Bien sûr. Ça n'avait rien de compliqué. Mortemart se contenta d'acquiescer d'un signe de tête.

— À son retour en France, en 1815, le marquis a voulu reprendre possession de ses biens, ce que lui permettaient les lois promulguées par le roi Louis XVIII. Les propriétaires de la maison et de la terre ont refusé de lui restituer, prétextant qu'ils les avaient acquis en toute légalité. Le procès a duré quatre ans et s'est terminé par un compromis. Le marquis a obtenu la nue-propriété des biens dont il a cédé la jouissance aux occupants sous forme d'un bail emphytéotique de quatre-vingt-dix-neuf ans pour un loyer dérisoire. Monsieur de Quirampois a accepté ce compromis. Il avait près de quatre-vingts ans à l'époque et il avait récupéré par ailleurs l'essentiel de ses propriétés, ainsi que son hôtel particulier du faubourg Saint-Germain. Les occupants ont été très heureux de s'en tirer à si bon compte.

Mortemart s'impatienta. Passons les détails.

— Le père de Monsieur de Grimonpré a acquis la maison et la terre en 1832 avec l'accord de la famille Quirampois.

Mortemart s'agitait sur son siège. Au fait, au fait !

— En revanche, je ne pense pas que Monsieur de Grimonpré ait demandé l'agrément des descendants du marquis lorsqu'il a fait la donation à son épouse.

— Vous pensez que cela pourrait permettre d'invalider l'acte ?

Maître Broteau fit la moue.

— Je n'irais pas jusque-là. Il suffira à Madame de Grimonpré de demander l'accord des descendants pour le valider définitivement. Ils n'ont pas de raison de refuser.

Nouveau geste de mauvaise humeur de Mortemart. Ce juriste se moquait de lui ! Il semblait prendre un malin plaisir à souffler le chaud et le froid.

— À quoi cela nous avance-t-il ?

— Cela peut prendre beaucoup de temps. L'un des descendants directs a émigré aux États-Unis. Un autre vit en Angleterre.

Mortemart boudait. C'était tout au plus une piqûre de moustique !

— Tant que la donation n'est pas complètement validée, on peut demander que les biens soient mis sous séquestre.

Et c'était maintenant qu'il le disait ! Ce juriste était exaspérant. Bien sûr que c'était ce qu'il fallait faire !

— J'aurais besoin de temps pour réunir les pièces. Peut-être plusieurs mois. Et cela risque de coûter cher.

*

Mortemart quitta le cabinet de Maître Broteau de fort bonne humeur. Il avait pourtant de quoi être contrarié par le montant exorbitant des honoraires réclamés par l'avocat. Mais Maître Broteau était l'un des avocats les plus réputés au barreau de Paris et il était très proche du procureur impérial Dupin. Mortemart n'avait pas pu s'engager tout de suite. Broteau exigeait d'être payé avant de commencer les démarches et Mortemart devait vendre un terrain pour ce faire. Cela prendrait un peu de temps, mais il n'était pas pressé. La Grimonpré allait payer. Payer pour avoir eu l'outrecuidance de le défier. Et payer cher ! Il l'imaginait surprise au réveil par une escouade d'huissiers lui demandant de décamper avant de poser les scellés sur la porte de sa maison. La Grimonpré à la rue ! Archambaud ne pourrait rien pour elle. Si Broteau obtenait la mise sous séquestre, c'est qu'il avait l'aval de Dupin. Baroche[33] laisserait faire. Baroche faisait partie des ministres qui faisaient le contrepoids aux libéraux nouvellement nommés, Coursigny le connaissait. La Grimonpré à la rue… Nul doute que tous ceux qui lui faisaient la cour chez Archambaud se détourneraient d'elle. Et d'ailleurs, elle ne serait sans doute plus reçue chez le financier. Que ferait-elle ? Viendrait-elle faire amende honorable comme elle l'avait fait plusieurs fois dans le passé ? La reprendrait-il ? Mortemart s'était lassé d'elle. Les femmes du monde, surtout si elles se piquaient d'avoir de la culture, l'ennuyaient. Il leur préférait largement les filles que lui amenait Antonin.

Antonin… Que faire de ce gamin ? Le détective d'Informations et Enquêtes lui avait dit qu'il rencontrait régulièrement le petit journaliste, Montignac… Il faudrait lui faire comprendre qu'il devait cesser de renseigner le journaliste. C'était une question de principe. Ce gamin entrait et sortait de chez lui comme il le voulait. Le majordome lui avait dit qu'il le voyait parfois à la cuisine. Mortemart n'aimait pas qu'on mette son nez dans ses affaires. Si Coursigny lui faisait confiance, c'était parce qu'il savait rester discret. Le problème, c'est qu'il dépendait de lui pour organiser ses soirées. Il ne trouverait personne pour le remplacer. En tout cas pas de sitôt. Comment faire ? Il lui fallait trouver un moyen de pression. La fille qui avait été coffrée après la mort de Langis ? Comment s'appelait-elle, déjà ? Florine, ou quelque chose de ce genre. Antonin paraissait attaché à elle. C'était sans doute lui qui en avait parlé à Madame de Grimonpré. Il pourrait jouer là-dessus. Lui faire miroiter une libération anticipée s'il s'engageait à lui être fidèle. Mais ça n'avait qu'un temps, le temps de la détention. Non. Faire peser la menace d'une prolongation de la peine serait plus efficace.

Madame de Grimonpré à terre, Antonin ramené à la raison, Mortemart se sentait le cœur léger. L'orage déclenché par la mort de Langis était passé. Pouvait-on d'ailleurs parler d'orage ? *Much ado about nothing*[34], comme disait Kingsley, le jeune Anglais qui se prétendait de ses amis pour participer à ses soirées. Quand pourrait-il organiser la prochaine soirée ? Impossible sans le concours d'Antonin. Il fallait régler rapidement cette histoire avec Florine Dumoulin.

Mortemart sonna le majordome et demanda qu'on ne le dérange pas. Il s'enferma dans son salon chinois, alluma les lanternes et revêtit son costume de mandarin. Puis il sortit son nécessaire en ivoire et se prépara une boulette d'opium. Il procédait avec lenteur et gravité, en respectant un rituel qu'il avait mis au point au moment de son retour en France. Un rituel qui lui était nécessaire pour se replonger dans l'atmosphère de son séjour là-bas. Les plus belles années de sa vie… Il se remémorait les longues soirées passées avec le major Burnwall dans les fumeries de Canton – major Burnwall qui était supposé le surveiller –. Les commerçants chinois roublards avec lesquels il faisait affaire. Les jeunes Chinoises à son service.

À quoi bon remuer le passé… Que ferait-il de Marie-Adélaïde ? Il avait été très dur avec elle. Pourquoi avait-il besoin de l'humilier ? Pourquoi prenait-il plaisir à l'humilier ? Elle ne reviendrait pas. Il était allé trop loin. Mortemart éprouva du remords. Oui, du remords. Il n'avait pourtant rien d'un sentimental ! Que lui reprochait-il ? De faire partie d'un monde qui ne l'avait jamais accepté ? D'en être même, en quelque sorte, l'expression parfaite : belle, élégante, cultivée, pleine de bons sentiments. L'expression parfaite, ou la bonne conscience d'une société hypocrite et fortunée qui se pressait pour participer à ses soirées spéciales ? Parfois, il lui arrivait encore de la désirer, mais à condition de la prendre brutalement. À la hussarde.

Une sensation de bien-être l'envahit et dissipa ses états d'âme. Pour renouer avec Marie-Adélaïde de Grimonpré, il eût fallu renoncer à l'opium. À ses fameuses « soirées ». Impossible. Même s'il avait conscience de la pente dangereuse qu'il avait commencé à dévaler. Les bouffées de chaleur, les tremblements, ce sentiment de manque insupportable qui pouvait le prendre n'importe où, n'importe quand…

L'ancien militaire qui sommeillait en lui se rebella. Elle l'avait défié. Il se vengerait. Il irait jusqu'au bout. Autant détruire ce qu'on ne pouvait pas posséder.

XXII

Le capitaine Verdier réfléchissait. Le capitaine Verdier était plutôt accoutumé à commander la charge sur un champ de bataille qu'à réfléchir, mais cela ne voulait pas dire qu'il ne savait pas faire. D'ailleurs cela faisait longtemps qu'il n'avait pas commandé de charge sur un champ de bataille. Au retour de la guerre de Crimée, on l'avait licencié. Trop vieux. Là-bas, devant Sébastopol, on ne lui demandait pas son âge. Quand il fallait y aller, il y allait. Il connaissait pas mal de jeunes qui hésitaient. On l'avait licencié avec une pension bien maigre pour vivre à Paris. Vivre et s'amuser. À quoi bon vivre si on ne s'amuse pas, b… (Le capitaine Verdier usait d'un langage imagé que nous ne reproduirons pas.) Montignac commanda une autre carafe. Le gobelet du capitaine était de nouveau vide.

Une affaire d'honneur n'a rien de honteux. À quoi sert de laver son honneur si on se cache ? Bien sûr, c'est interdit par la loi, mais tout le monde le fait. Même les hommes politiques. Lc capitaine Verdier n'avait donc aucune raison de ne pas en parler. Mais devait-il en parler à ce Monsieur Balsa qui prétendait écrire un roman dans lequel deux personnages se battaient en duel et qui voulait s'appuyer sur des exemples réels ? Verdier se racla la gorge et cracha sa chique. Qui donc avait bien pu parler du duel entre Harlay et Langis à ce Balsa ? Verdier avait exclu que l'homme pût faire partie de la police. Il n'avait pas la tête d'un roussin. Et le métier d'écrivain, tel que l'imaginait Verdier, collait bien au personnage.

On apporta la nouvelle carafe. Le métier d'écrivain collait bien au personnage et celui-ci avait promis de rétribuer son témoignage.

Dix francs. Une fortune ! Les écrivains ne vivent pas dans le même monde que nous, ma parole ! (Si, Verdier, mais pas question de lésiner, la bienveillance de Madame de Grimonpré n'avait pas de prix.) Verdier se décida à parler.

— Un camarade de régiment est venu me trouver en novembre dernier. Il m'a dit qu'un certain Harlay de Méricourt cherchait un témoin pour une affaire d'honneur. Le gars ne pouvait pas y aller parce qu'il devait partir. J'ai rencontré ce Monsieur Harlay dans un estaminet. Il m'a demandé de lui trouver deux pistolets et de lui apprendre à s'en servir. Il m'a aussi dit d'aller trouver le sieur Saunier-Langis pour le provoquer en duel.

Verdier renifla bruyamment et se moucha dans ses doigts.

— J'ai fait comme il a dit. Langis m'a désigné son témoin, un ancien militaire, mais qui a servi en Chine, pas en Crimée.

Montignac hocha la tête. Sans doute l'homme qu'il avait rencontré.

— Le duel a eu lieu dans les fossés, près de la porte de Vincennes. Harlay a tiré le premier, mais il tremblait et il a manqué Langis. Langis a tiré juste après. J'ai idée qu'il a fait l'armée, lui aussi. Il ne tremblait pas et il a touché Harlay au bras. Je crois qu'il a fait exprès de ne pas le blesser grièvement. On se battait au premier sang versé, donc ça s'est arrêté là. J'ai ramené Harlay chez lui en fiacre.

C'était tout. Un peu maigre pour dix francs. Un peu maigre ? Tu ne vas pas faire la fine bouche, Montignac ! Ce matin, tu te lamentais parce que tu n'avais rien de sérieux, à part l'histoire tirée par les cheveux du comptable. Une affaire de duel, ça, c'était du solide ! Tu ne t'attendais quand même pas à ce que Verdier t'apporte tous les éléments sur un plateau ? À toi de démêler la pelote, maintenant… Sacré Antonin. Il avait bien mérité ses dix francs, lui. Montignac soupira. L'argent lui filait entre les doigts depuis qu'il s'était lancé dans cette enquête.

Allez, au travail. Trouver la raison du duel. Montignac convoqua Antonin et lui donna cent sous. Je te réglerai le reste à la fin de la semaine. Antonin repartit à la pêche aux informations. À la Courtille, tout se sait. Il suffit de trouver la bonne personne.

*

Montignac n'abandonna pas la piste du « petit comptable » bien qu'elle lui parût désormais de moins en moins consistante. L'épisode Coursigny le hantait. Il avait alors perdu plusieurs jours, persuadé qu'il tenait le coupable, et avait dû repartir de zéro. Ne pas se fier à sa première impression, ne négliger aucune piste… Il lui fut très facile de retrouver le nom du comptable. L'affaire avait fait la une des journaux en son temps. Le comptable s'appelait Frontin, Augustin Frontin. Une visite au Palais de Justice, où travaillait un gars qu'il avait côtoyé pendant ses études de droit à Toulouse, lui confirma que Frontin avait été libéré en février. Restait à le trouver.

Que feriez-vous si, tout juste sorti de prison, vous deviez chercher un travail pour subvenir à vos besoins ? Vous ne vous êtes, sans doute, jamais posé la question. Montignac se la posa. Pour trouver la réponse, il lui suffit de feuilleter le journal de la veille. Les petites annonces… Les petites annonces sont nées avec la presse. Théophraste Renaudot, quand il fonda *La Gazette* en 1631, consacra une rubrique aux recherches de renseignements que lui confiaient ses lecteurs. Et dans quel journal eussiez-vous posté une petite annonce en 1863, sinon dans *Le Petit Journal* ? Quatre-vingt mille exemplaires, presque deux fois plus que *Le Siècle*, jusque-là le plus fort tirage de la presse parisienne. Il descendit aux archives du journal et en remonta les exemplaires parus les trois mois qui suivirent la libération de Frontin.

La lecture des petites annonces offre parfois de bonnes surprises. Des perles, offres saugrenues ou requêtes pleines d'un espoir naïf, auxquelles répondraient, malheureusement, des personnages peu scrupuleux. Montignac n'avait guère le temps de s'en amuser. Il s'intéressa en priorité aux offres d'emploi. Comptable ou secrétaire particulier, puisque c'étaient les deux métiers exercés par Frontin chez Peyrard. La recherche s'avéra fastidieuse. Il n'en trouva que trois parmi les exemplaires du mois de mars. Il se faisait tard, il reprendrait le lendemain.

*

À la relecture, les trois annonces qu'il avait sélectionnées lui parurent moins intéressantes. L'une d'elles émanait d'un agent de change. L'affaire Peyrard avait secoué le monde de la Bourse, il serait étonnant qu'un agent de change ne l'eût pas gardée en mémoire. Frontin ne l'avait certainement pas retenue. Dans une autre, on demandait un secrétaire particulier. On demande des références à un secrétaire particulier, références que Frontin eût été bien en peine de fournir. Tout bien considéré, il était inutile de s'intéresser à ce genre d'annonces. Restait la dernière, « Cherche comptable pour un atelier d'ébénisterie. Se présenter au 113, faubourg Saint-Antoine ».

Montignac se rendit à l'adresse indiquée. Un tout petit atelier, donnant dans une arrière-cour encombrée de meubles et de planches. Quelques ouvriers. Le patron était un homme bougon qui le regarda avec méfiance. Si le poste de comptable était toujours vacant ? Non, pardi ! De toute façon, c'était un jour par semaine. Insuffisant pour vivre. Montignac rentra au journal découragé. À quoi bon poursuivre la recherche ?

*

Antonin attendait Montignac devant le siège du journal. Il avait déniché « la » bonne personne, celle qui pourrait en dire plus au sujet du duel. Une domestique qui avait été chassée par Harlay à la fin de l'année précédente. Sans ressource, elle avait échoué au cent cinquante et un de la rue de Belleville et Florine lui avait trouvé un poste de blanchisseuse. Un métier dur. Beaucoup plus fatigant que celui de femme de chambre de Mademoiselle Harlay. Mais, que voulez-vous ? C'était ça ou finir dans un bordel. Marie-Geneviève aurait préféré mourir plutôt que de finir dans un bordel. Elle avait regardé avec colère ce gamin qui lui avait proposé de rencontrer un Monsieur comme il faut :

— Sors d'ici ! Si tu cherches une putain pour ton Monsieur comme il faut, c'est pas ici que tu vas la trouver.

Antonin avait insisté :

— Il ne s'agit pas du tout de ça ! Le Monsieur dont je vous parle est un journaliste qui écrit un article sur le sort des jeunes femmes injustement mises à la porte par leur patron.

Marie-Geneviève ne baissa pas la garde :

— Ouais, on dit ça et après on fait autrement. Passe ton chemin.

— Il est prêt à vous rencontrer où vous voulez. Vous pourrez venir accompagnée. Et il est d'accord pour payer.

Payer sans coucher ? À d'autres… Ça valait quand même le coup d'en savoir plus.

— Combien ?

— Ça peut monter à vingt francs s'il est vraiment intéressé.

(Vingt francs ? Tu déraillles Antonin. Où Montignac trouverait-il vingt francs ? Un journaliste comme Montignac, qui s'occupe des faits divers, ça gagne à peine plus qu'un ouvrier !)

Marie-Geneviève ne le crut pas. Elle ricana :

— Ça peut monter à vingt francs, mais si ça ne monte pas ?

— Quinze.

Marie-Geneviève baissa la tête. Elle donna deux grands coups de battoir au drap qu'elle était en train de laver. Quinze francs… Ce qui était certain, c'est qu'un homme ne donnerait jamais quinze francs pour coucher avec une fille comme elle. Il fallait voir… Elle pourrait se faire accompagner de Germaine et de Lucienne. Elle est costaude Lucienne. Capable d'assommer un homme. On irait chez la Paulette. La Paulette la connaissait. Si ça tournait mal, elle ne laisserait pas faire.

XXIII

La prison des femmes de Versailles est située au 28 avenue de Paris. À l'époque où se déroulent les faits que nous rapportons, elle était gérée par les sœurs de Saint-Joseph. Madame de Grimonpré se rendit en train à Versailles. Un fiacre la déposa devant la porte de la prison.

La religieuse qui la reçut marqua un temps de surprise lorsqu'elle demanda à parler à Mademoiselle Florine Dumoulin. On fit attendre Madame de Grimonpré un long moment, puis la détenue fut introduite dans la pièce. Une religieuse resta assise près de la porte tout le temps que dura l'entretien.

Florine était vêtue d'une blouse grise et ses cheveux étaient coupés très court. Elle était nu-pieds dans des sabots trop grands pour elle. Nous qui la connaissons l'aurions trouvée très amaigrie. Madame de Grimonpré ne l'avait jamais rencontrée. Elle la trouva plus âgée qu'elle se l'était imaginée.

Florine parla d'une voix monocorde et il fallait parfois tendre l'oreille pour l'entendre. Elle se portait bien. La journée, elle travaillait à l'atelier. Les femmes qu'elle côtoyait étaient bien plus malheureuses qu'elle. Elle priait pour elles le soir. Elle demanda si quelqu'un avait pris sa suite au cent cinquante et un de la rue de Belleville. Madame de Grimonpré ne sut que répondre. Elle demanda également des nouvelles d'Antonin, un bon petit gars qu'elle aurait aimé arracher aux trafics qu'il devait faire pour survivre. Madame de Grimonpré l'assura qu'elle veillerait sur lui. Elle lui dit aussi qu'elle ferait tout son possible pour obtenir qu'on réduise sa peine.

Florine la remercia, mais on voyait bien qu'elle n'y croyait pas. Au bout d'une demi-heure, on vint la rechercher pour la reconduire en cellule.

Madame de Grimonpré sortit de la prison très affectée. Elle avait trouvé Florine bien abattue. Mais n'était-ce pas normal lorsqu'on était en prison ? Et puis, six mois, c'était vite passé. Un prêtre sortit derrière elle. Il avait l'air très agité. Madame de Grimonpré s'inquiéta :

— Qu'avez-vous, mon père ? Vous semblez préoccupé.

— On le serait à moins.

— Pourquoi donc ?

Le prêtre leva les yeux vers elle. Il dit en désignant la prison d'un mouvement du menton :

— Vous en venez ?

— Oui, je visitais une détenue.

Le prêtre poussa un soupir

— Je suppose que vous êtes restée dans la partie réservée aux sœurs de Saint-Joseph.

— Oui, pourquoi ?

— Vous n'avez pas pénétré dans la prison proprement dite.

Madame de Grimonpré regarda le prêtre sans comprendre. Il reprit :

— Vous voulez savoir ce qui se passe dans la prison ? Vous voulez vraiment le savoir ? Je vais vous le dire, moi. Je vous préviens, ce n'est pas agréable à entendre.

Le prêtre s'était exprimé avec colère. Madame de Grimonpré hésita avant de répondre :

— Allez-y. Je veux savoir.

— Les femmes sont enfermées à six dans une cellule de dix pieds sur quinze. Pour faire leurs besoins, elles disposent d'un trou à même le sol recouvert d'une planche. Elles n'ont aucune intimité. Elles doivent tout faire devant les autres. Même se nettoyer quand elles ont leurs règles. La moitié d'entre elles ont des poux, les autres ont la gale. La journée, elles sortent de leur cellule pour travailler dans un atelier brûlant en été et glacé l'hiver. Celles qui se rebellent sont enfermées dans un cachot sans fenêtre. On leur donne un bol de soupe claire le matin et un morceau de pain à quatre heures.

Madame de Grimonpré était blême.

— Ça vous suffit ou vous voulez que je continue ?

— Continuez.

— La plupart sont des prostituées clandestines, c'est-à-dire de pauvres filles contraintes de se vendre pour survivre. Les autres ont été condamnées à une lourde peine pour un délit mineur. Il y a une jeune fille de dix-sept ans qui a écopé d'une peine de prison de cinq ans pour avoir volé du pain. Elle était enceinte au moment de son arrestation. Son enfant lui a été enlevé dès la naissance.

Madame de Grimonpré ne put retenir ses larmes. Le prêtre se tut. Quand elle releva les yeux, il dit :

— Je suis désolé si je vous ai choquée.

Madame de Grimonpré secoua négativement la tête. Le prêtre s'était radouci :

— J'essaie de leur donner un peu de réconfort et d'espoir. La prière est leur seul refuge. Moi-même, je prie tous les soirs pour le salut de leur âme. Je suis certain que Dieu les accueillera au ciel, quelle que soit la faute qu'elles ont commise.

Madame de Grimonpré était bouleversée lorsqu'elle rentra chez elle. Elle ferait tout pour sortir Florine de là. Elle prendrait le meilleur avocat de Paris, quel qu'en soit le prix.

*

Antonin n'en revenait pas. C'était la première fois qu'il mangeait de la brioche. De la brioche avec de la marmelade. Pour un peu, il aurait tout mangé, mais il voulait en garder pour son frère et sa sœur. Madame de Grimonpré lui avait dit qu'il pourrait emporter ce qui restait. Madame de Grimonpré l'avait fait venir pour lui parler de son entrevue avec Florine. Florine allait bien. Elle avait hâte de sortir. La prison de Versailles n'avait rien à voir avec celle de Saint-Lazare. Elle était très heureuse de savoir qu'on s'occupait de réunir les preuves qui permettraient d'obtenir sa libération. Elle avait eu un mot très gentil au sujet d'Antonin. Mais elle aimerait, avait dit Madame de Grimonpré, qu'Antonin ne fasse plus de petits trafics. Facile à dire… Il fallait bien qu'il trouve de l'argent pour faire vivre sa famille ! Sa maman se reposait de plus en plus sur lui. Elle aurait bien aimé continuer à travailler, mais on ne voulait plus d'elle dans un atelier à cause de sa maladie. Et on lui apportait de moins en moins de travaux de couture à la maison de peur de la contagion. Antonin ramassa les miettes sur la table pour les avaler. Cela étant dit, Florine pouvait être rassurée. Il ne faisait plus de petits trafics puisque Mortemart ne faisait plus appel à lui. Pourquoi ? Mortemart serait-il devenu vertueux ? Ce serait bien étonnant. Il n'avait sans doute pas apprécié leur négociation la dernière fois qu'ils s'étaient vus. En attendant, ça lui faisait un sacré manque à gagner !

C'était sans doute pour ça que Madame de Grimonpré avait inventé cette histoire de travaux à faire chez elle. Lessiver les murs des étages qu'elle n'occupait pas. Antonin était d'accord, mais comment ferait-il pour poursuivre ses recherches ? Il avait convenu avec Madame de Grimonpré qu'il ne travaillerait que le matin ou l'après-midi, à sa convenance. C'était la preuve qu'elle ne tenait pas tant que ça à ces travaux. Mais Antonin ne pouvait pas se permettre de refuser. Il avait bien trop besoin de cet argent. Un franc et dix sous par demi-journée.

Côté recherches, il piétinait. Bien sûr, il y avait cette histoire de duel. Mais ça, c'était Montignac qui s'en chargeait. Ce qu'Antonin recherchait, c'étaient les trois truands qu'on avait vus sortir de la maison de Langis. Et ça, c'était beaucoup plus difficile que ce qu'il imaginait. Des rusés, les trois gaillards. De temps, en temps, un des petits gars de sa bande en apercevait un, ou croyait en apercevoir un, et puis pfuitt… disparu. Et comment être sûr que c'était bien le bon ? Pour le Balafré, c'était facile. Il se baladait toujours avec un foulard rouge noué autour du cou. Mais le Tondu ! Il n'y avait pas qu'un seul crâne rasé à la Courtille. Pour être sûr que c'était bien lui, il fallait voir son anneau en or. Mais pour ça, il fallait s'approcher… Antonin pensa à Florine. Tenez bon ! On les aura. Je vous le promets. Ça lui faisait plaisir de savoir qu'elle ne se laissait pas abattre.

XXIV

La narration que fit Marie-Geneviève de ce qui s'était passé l'année précédente dans l'hôtel particulier de Monsieur Harlay de Méricourt est passablement longue et embrouillée. La blanchisseuse n'avait pas le sens de la concision. Elle revint plusieurs fois sur certains épisodes, en donnant une version différente, et laissa quelques lacunes. L'auteur a choisi de ne pas vous infliger cette narration et de vous en présenter une version réécrite par ses soins. Une version quelque peu romancée.

« À quarante ans, Marie-Hélène Harlay de Méricourt était une femme épanouie. Elle n'avait certes plus la grâce exquise qui faisait d'elle l'une des filles à marier les plus convoitées des années 1840. Les années passant, ses formes s'étaient arrondies. Comment voulez-vous éviter cela ? Madame Harlay faisait très attention à son apparence, elle évitait les excès, passait un long moment chaque matin à sa toilette, dépensait sans compter pour acheter crème, lotions et onguents, mais elle ne pouvait pas bouder systématiquement les pâtisseries et mignardises qu'on laissait à portée de ces dames lorsqu'elle visitait la duchesse de Dombreuse ou la marquise d'Ambrézy. Cela ne se faisait pas. On aurait pris cela pour un signe de mauvaise éducation. On aurait murmuré derrière elle qu'elle n'était qu'une pimbêche hautaine et méprisante. Au demeurant, à cette époque, on considérait qu'un peu d'embonpoint ne nuisait pas à la beauté d'une femme. Madame Harlay savait en jouer et mettre en valeur les formes là où elles témoignaient de sa féminité. Son décolleté avait ce qu'il faut de profondeur pour qu'on pût apprécier le velouté et la délicate carnation de sa chair.

François-Marie de Saunier-Langis avait été présenté à Monsieur Harlay de Méricourt au cours du printemps 1862. Monsieur Harlay de Méricourt, qui avait le goût des affaires, avait investi une grosse somme dans la Compagnie Financière d'Aménagement de la rue de Puebla. Saunier-Langis était devenu un habitué de la maison. Il ne manquait pas de paraître chaque fois que Madame Harlay tenait salon. Saunier-Langis avait gardé de sa jeunesse turbulente le goût des jolies femmes. Il sortait le soir au bras de la Florentine, mais ne s'interdisait pas de cueillir d'autres fleurs au passage. Madame Harlay lui avait paru fort appétissante. Une femme de quarante ans mariée à un homme de cinquante-cinq et qui n'avait pas d'amant devait certainement être en manque d'affection.

Madame Harlay ne tarda pas à remarquer les égards de François-Marie pour elle. Il lui faisait des compliments appuyés, conservait sa main dans la sienne plus qu'il ne fallait lorsqu'elle la lui donnait à baiser et elle croisait systématiquement son regard lorsqu'elle tournait la tête vers lui. Jusqu'alors, Madame Harlay était restée fidèle à son mari, mais la fidélité n'interdit pas les rêves. En est-il de plus doux que de s'imaginer aimée par un homme jeune et bien fait de sa personne ? Un amour qui resterait dans les limites que prescrivent l'honneur d'une femme et le qu'en-dira-t-on de la société, bien sûr. Mais serait-elle vraiment capable de résister aux élans de son cœur et aux assauts de son soupirant si l'occasion s'en présentait ? Elle préférait ne pas y penser. Ou plutôt, elle ne s'accordait le droit d'y penser que dans des moments d'abandon, étendue sur une chaise longue sous la tonnelle du jardin à l'arrière de l'hôtel particulier de Monsieur Harlay.

Madame Harlay avait une fille, Clotilde. Dix-sept ans, jolie comme sa maman l'était à son âge, quoique plus grande, et à qui elle avait tenu à donner une éducation très complète. C'est ainsi qu'elle avait souhaité qu'elle apprît l'anglais pour pouvoir lire dans le texte les romans de Jonathan Switft et de William Blake et de goûter la poésie de William Wordsworth. Or Monsieur de Saunier-Langis parlait l'anglais couramment. Madame Harlay convainquit son mari de demander à Monsieur de Saunier-Langis de venir trois fois par semaine donner des cours de conversation anglaise à sa fille. Monsieur Harlay de Méricourt, qui faisait confiance à son épouse pour tout ce qui concernait l'éducation de sa fille, ne fit aucune difficulté.

François-Marie ne pouvait laisser passer une telle occasion. N'était-elle pas, d'ailleurs, le signe que Madame Harlay n'était pas insensible à ses avances? Il décida de pousser son avantage aussi loin qu'il le pouvait, persuadé que cela ne manquerait pas de lui ouvrir les bras de la dame. C'est bien décidé à parvenir à ses fins avec la mère qu'il fit la connaissance de la fille. Une charmante enfant, comme on le dit dans les romans de cette époque. Il ne flottait pas autour d'elle cet avant-goût de volupté que Langis percevait au contact de Marie-Hélène, mais le fruit méritait d'être goûté. Une prune cueillie à quelques jours de sa maturité a un goût acidulé qui vous enchante les papilles.

Devait-il choisir? Voilà une question qu'on ne se pose pas quand on a l'expérience de François-Marie. Lorsque la mère et la fille étaient présentes, il se montrait respectueux envers la mère. En l'absence de Clotilde, il tombait aux genoux dc Marie-Hélène pour lui déclarer sa flamme. Lorsque Marie-Hélène le laissait seul avec sa fille, après s'être assurée qu'ils avaient repris le cours de la lecture d'un texte de littérature classique commencée lors de la séance précédente, François-Marie faisait le joli cœur avec la fille. On s'enflamme à cet âge-là pour des personnages au destin romanesque. François-Marie lui parlait de la Chine et s'inventait des aventures rocambolesques. Elle découvrit qu'il était parti pour oublier un amour impossible, espérant secrètement trouver à l'autre bout du monde une fin héroïque qui l'eût rendu digne de sa belle. Comme elle aurait aimé être cette femme! Les premières feuilles commençaient à roussir dans le jardin lorsque François-Marie avoua à Clotilde qu'elle avait pris la place, dans son cœur, de son amour de jeunesse. Clotilde, éperdue de bonheur, commit l'impudence d'accepter qu'il la rejoignît un soir. Rien de plus facile pour lui que de passer au-dessus du mur de clôture et de s'aider de la gouttière et du lierre pour parvenir jusqu'à la fenêtre qu'elle avait gardée entrouverte.

Clotilde avait mis pour l'occasion une délicieuse robe en organdi de couleur parme et soigné sa coiffure. Elle avait accroché à ses oreilles de très jolies boucles et passé autour du cou une chaîne en or à laquelle pendait un solitaire. Pour parfaire sa toilette, elle s'était parfumée avec une eau à la violette. Elle n'avait pas la moindre idée de la façon dont pouvait se dérouler une première rencontre entre deux amoureux. Elle fut surprise de la fougue de son amant qui la prit aussitôt dans ses bras pour couvrir sa bouche et sa gorge de baisers. Se pouvait-il qu'il l'aimât à ce point ? Lorsqu'il la bascula sur le lit, elle éprouva quelques craintes. Ce qui se passa ensuite alla bien trop vite pour qu'elle pût songer à réagir. Il la troussa sans ménagement, dévoilant ses bas blancs, un peu de la chair de la cuisse au-dessus de la jarretière et sa culotte bouffante en lin. Puis il plongea la tête dans le fouillis de tissus entre ses jambes. La culotte fut retirée prestement et Clotilde comprit enfin là où il voulait en venir. Il était bien tard pour crier. Le voulait-elle d'ailleurs, submergée par les sensations nouvelles et étonnantes que faisait naître en elle le baiser très intime que Langis prodiguait à un endroit inattendu ? Il ne se passa pas une demi-heure avant que l'union des corps fût consommée.

L'auteur ignore si Clotilde éprouva du plaisir, mais François-Marie ne la quitta qu'au petit matin. Prise de remords, Clotilde alla confesser sa faute à sa mère. Marie-Hélène fut horrifiée. Et dépitée de n'avoir pas cédé plus tôt aux avances de Langis qui, à n'en pas douter, était allé chercher auprès de sa fille ce qu'elle lui refusait. Tout cela parce qu'elle s'imaginait que le plaisir n'en serait que plus grand si elle le retardait. L'honneur lui commandait d'en parler à son mari. Monsieur Harlay de Méricourt était un homme attaché aux règles de l'honneur. Il était hors de question qu'il mêlât la justice à une affaire qui ne regardait que lui. Il envoya ses témoins à Saunier-Langis. Le duel eut lieu un matin de novembre dans les fossés des fortifications. Harlay fut blessé. Le duel était au premier sang versé, l'honneur de Monsieur Harlay de Méricourt était donc lavé. Il chassa ensuite la pauvre Marie-Geneviève, la femme de chambre de Clotilde, complice, à ses yeux, du forfait de Saunier-Langis. Restait à traiter le sort de sa fille. La mettre au couvent alors que tout un chacun s'attendait à ce qu'elle fût bientôt mise sur le marché des filles à marier était reconnaître qu'elle avait fauté. Il se mit donc en quête d'un parti qui ne serait pas trop regardant sur la marchandise. Dans ce siècle où l'on cherchait à faire fortune le plus rapidement possible, la virginité d'une jeune fille comptait moins que le montant de sa dot. Le mariage de Clotilde et de Ricordet, agent de change à la Bourse de Paris, fut célébré en janvier, à la suite de quoi Clotilde disparut en province pendant quelques mois, le temps de mettre au monde le petit Hector qu'on laissa en nourrice au pays.

Harlay de Méricourt conserva les titres qu'il détenait dans la compagnie de Saunier-Langis. On ne mélange pas les affaires d'argent et les affaires d'honneur. »

*

Il était ratissé, Montignac. La fille lui avait réclamé vingt francs. C'était ce qu'Antonin avait promis. Il allait entendre parler du pays, le gamin. Quarante francs en une semaine. Il n'avait plus un rond.

Mais, cette fois, ça en valait la peine. Enfin du neuf ! Jusqu'alors il n'avait pas tiré grand-chose de ses rencontres, que ce soit avec Valentina ou le militaire. Et ne parlons pas de la piste du comptable, même s'il mettait un point d'honneur à la suivre jusqu'au bout. Montignac eut un petit ricanement. Il avait raison de ne pas croire à l'image que Langis voulait donner de lui ! Un type avec une vie bien rangée, quelques sorties et une maîtresse, tu parles !

Une fois de plus, l'adage qui dit que, derrière chaque affaire criminelle, il y a soit une histoire d'argent, soit une histoire de femme, se vérifiait. Oh, ça n'était certainement pas Harlay qui avait fait le coup. Le duel avait dû lui f… la trouille de sa vie ! Non, c'était du côté de Ricordet qu'il fallait chercher. Langis et lui devaient se vouer une haine féroce. Lequel des deux avait déclenché les hostilités ? Difficile de trancher. Ce pouvait être Langis qui, voyant la dot Clotilde lui échapper, avait tenté de faire chanter Ricordet. Mais Ricordet pouvait tout aussi bien avoir pris les devants et envoyé des sbires pour intimider Langis.

Doucement, Montignac, tu t'exaltes, encore une fois. Tâche de ne pas tout gâcher comme avec Coursigny. Cette fois, tu pourrais le payer cher. On perd vite son sang-froid quand il y a une femme en jeu.

*

Montignac passa deux jours à rôder aux alentours de l'hôtel particulier des Ricordet. Non pas qu'il s'attendît à découvrir quelque chose, mais pour s'imprégner de l'ambiance des lieux, voir les protagonistes en chair et en os. Il voulait surtout éviter de se précipiter dans une action irréfléchie et, au bout du compte, contre-productive.

Il put ainsi apercevoir Clotilde Harlay. L'auteur avait enjolivé son portrait. Clotilde était une jeune fille assez grande, avec des cheveux noirs, un visage allongé, un nez étroit et une grande bouche. Elle avait une poitrine de taille modeste, comme c'est souvent le cas pour les très jeunes femmes. Peut-être que l'auteur aimait ce genre de fille[3], mais Montignac la trouvait assez quelconque. Ni belle ni laide.

Montignac avait longtemps hésité sur la tactique à adopter pour en savoir plus. Il résolut qu'il lui fallait parler à Clotilde. Une première expérience amoureuse, fût-elle traumatisante – mais l'avait-elle été ? le témoignage de Marie-Geneviève était bien plus ambigu à ce sujet que la narration de l'auteur le laissait entendre – comptait beaucoup dans la vie d'une femme. Le souvenir en était trop proche, ravivé sans doute par le décès de Langis, pour que Clotilde se montrât indifférente. Il lui restait à trouver une occasion d'approcher la jeune femme.

L'occasion se présenta le dimanche suivant. Les Parisiens, lorsque viennent les beaux jours, vont dans les parcs et jardins que l'empereur a eu la bonté de mettre à leur disposition. Monsieur et Madame Ricordet choisirent ce jour-là le jardin du Luxembourg pour faire leur promenade dominicale. Une promenade qui s'apparentait à une corvée pour Madame, qui n'échangeait pas un mot avec son mari et dont le regard se perdait au loin. Montignac les suivit discrètement. Leurs pas les menèrent près de la fontaine Médicis. C'est là que Ricordet rencontra un collègue. Les deux hommes avaient bien des choses à se dire et Clotilde en profita pour lâcher le bras de son mari et s'approcher de la pièce d'eau. Le domestique qui suivait le couple engagea, quant à lui, la conversation avec une dame accompagnée par un garçonnet. Une nourrice, à en juger par sa tenue. Montignac en profita pour approcher de Clotilde. Sans la regarder, il lui dit :

— Bonjour Madame Ricordet. Me permettez-vous de vous dire quelques mots ?

La jeune femme lui jeta un bref regard et répondit d'une voix peu amène :

---

3 Oh ! Ça va. Je ne l'ai jamais rencontrée, moi !

— Qui êtes-vous ? Je ne vous connais pas. Si vous m'importunez, je vais appeler.

— Je m'appelle Jacques Montignac. J'enquête sur les circonstances réelles de la mort de Monsieur de Saunier-Langis.

Les deux jeunes gens restèrent un temps côte à côte sans parler, puis Clotilde dit :

— Présentez-vous chez moi demain à quinze heures. Dites que vous vous appelez Grenier et que vous venez pour les travaux de peinture.

Clotilde s'éloigna et Montignac resta quelque temps à contempler son reflet au milieu des lentilles d'eau.

*

À quinze heures, comme cela avait été convenu, Clotilde Ricordet reçut le sieur Grenier, vêtu d'une blouse d'apparence propre malgré quelques taches de peinture qui n'étaient pas parties au lavage. Il avait noué un foulard rouge autour de son cou et tenait sa casquette à la main. Il suivit Madame Ricordet qui lui fit visiter les pièces à rénover. Une femme de chambre les suivait. Lorsque la demie de trois heures sonna, Madame Ricordet se souvint qu'elle devait sortir un peu plus tard dans l'après-midi. Elle demanda à sa femme de chambre de préparer sa robe en satin et sa cape. Montignac et Clotilde furent enfin seuls.

— Qui êtes-vous ? Je n'ai pas retenu votre nom.

— Jacques Montignac, journaliste au *Petit Journal*.

— Que voulez-vous savoir ?

— Vous avez été très proche de Monsieur Saunier-Langis à une époque…

L'entrée en matière était abrupte, mais Montignac avait jugé que la franchise était la meilleure stratégie. Clotilde jeta un regard inquiet autour d'elle puis elle s'approcha de lui en lui faisant signe de parler bas. Cette proximité tissa entre eux une sorte d'intimité qui troubla Montignac. Il se dégageait du visage de la jeune fille, un visage qui n'avait pourtant pas la joliesse à laquelle on aurait pu s'attendre (Clotilde n'avait, rappelons-le, que dix-huit ans), une aura qui dénotait une âme passionnée.

— Il a été et il restera mon plus grand amour.

La voix de Clotilde avait tremblé en prononçant cette phrase. Elle se raffermit par la suite.

— Je me suis donnée à lui dès notre premier entretien en tête-à-tête.

Les yeux couleur noisette de la très jeune femme fixaient Montignac. La franchise de Clotilde avait de quoi le surprendre, mais il était fasciné par son regard. À cet instant, plus rien ne comptait pour lui que ce regard.

— À cette époque, j'étais en rébellion contre mon père, un homme autoritaire et colérique qui me traitait durement. François-Marie revenait de Chine où il avait fait fortune. Il représentait pour moi l'espoir d'une vie libre, pleine d'imprévu et d'action. La première fois, il a usé de moi comme on le fait d'une fille de rue. Mais, par la suite, un lien très fort s'est tissé entre nous. Malheureusement (Clotilde avait baissé la tête), notre relation n'a duré qu'un mois. Un mois de bonheur intense. Un domestique nous a surpris et m'a dénoncée. Mon père était fou de rage. Il aurait très bien pu exiger que François-Marie me demande en mariage, ce qu'il était prêt à faire, mais cet imbécile l'a provoqué en duel. J'ai espéré que François-Marie le tue, mais il l'a épargné.

Clotilde poussa un soupir.

— Après ça, mon père m'a livrée à ce Ricordet. Un être cupide et fourbe qui me méprise et me traite plus bas que terre devant les domestiques.

— Il sait ce qui s'est passé ?

— Oui, mon père lui a tout raconté. Ça n'avait pas d'importance pour lui, seule comptait ma dot.

— Langis a-t-il cherché à vous revoir ?

— Oui, mais Ricordet le faisait surveiller. Un jour, par pure cruauté, il a exhibé devant mes yeux une lettre de lui qu'il avait interceptée… Il faudra peindre cette pièce avec des tons plus clairs.

Un bruit de pas indiquait que la femme de chambre était revenue et Clotilde avait repris le ton d'une femme qui donne des ordres à un artisan. La visite se poursuivit, mais ils n'eurent plus aucune occasion de parler librement. En la quittant, Montignac pressa discrètement la main de Clotilde. Il lut de la passion dans le bref regard qu'elle échangea avec lui. Une passion pour Langis qui n'était pas éteinte, mais il eut la certitude qu'elle se fût donnée à lui s'il l'avait prise dans ses bras à ce moment-là.

*

Le résultat de l'entretien dépassait les espérances de Montignac. Il précisait le scénario que Montignac avait imaginé. Langis, qu'il avait soupçonné de vouloir faire chanter Ricordet, était en fait la victime de sa vindicte. L'agent de change avait sans doute envoyé ses sbires pour corriger l'amant de sa femme après avoir intercepté sa lettre. En outre, Clotilde lui avait fait une forte impression. Il aimait ce genre de femme au tempérament impétueux. Son histoire, romantique en diable, l'avait ému. Peut-être pourrait-il, s'il démasquait Ricordet et démontrait son implication dans la mort de Langis, la revoir dans des circonstances beaucoup plus favorables ?

(Holà, Montignac ! Que fais-tu de Madame de Grimonpré ? De Valentina ? Ne t'emballe pas. Reste concentré sur ton objectif. Quelle que soit la femme que tu convoites, il te faut d'abord résoudre l'énigme pour parvenir à tes fins.)

Il jeta un œil à sa montre de gousset. Il avait manqué son rendez-vous avec Antonin. Trop tard. Le gamin devait être parti. Cela n'avait guère d'importance. Antonin continuait sa recherche des trois malfrats qu'on avait vu sortir de chez Langis. Montignac doutait qu'il pût les retrouver. Et même si c'était le cas, à quoi cela les avancerait-il ? Il verrait Antonin un autre jour.

XXV

Alfred de Coursigny s'était posté à la fenêtre. Il regardait pensivement la circulation sur le boulevard Malesherbes en contrebas. Maître Monteil était assis respectueusement sur le rebord d'une chaise, face à son bureau. Il attendait les instructions du banquier. Il lui avait dressé, à sa demande, un état de la Compagnie Financière d'Aménagement de la rue de Puebla. La situation n'était guère réjouissante. Comment la compagnie avait-elle pu émettre autant de titres ? Et se retrouver dans une telle situation aujourd'hui ? Selon le notaire, elle ne pourrait verser les intérêts attendus par les souscripteurs qu'en tirant sur ses fonds propres.

— De combien avez-vous besoin ?

— Trente mille francs, Monsieur.

Trente mille francs… En soi, ce n'était pas dramatique. C'était la somme que Coursigny versait chaque année à sa maîtresse. Mais si on apprenait que la compagnie en était réduite à une telle extrémité, ce serait la débandade.

— Qu'est-ce que vous suggérez ?

Maître Monteil s'agita sur sa chaise.

— Il nous faut un apport d'argent frais.

Ça, il l'avait compris !

— Mais encore ?

Monteil était de plus en plus mal à l'aise. Son œil gauche se contractait de manière régulière.

— La banque pourrait nous faire un prêt avec lequel nous pourrions payer les intérêts. Une fois que vous aurez pris le contrôle de la compagnie, il suffira d'annuler le montant de la dette et de la passer en pertes.

Coursigny eut un petit rire nerveux qui inquiéta Monteil. Il suffira d'annuler la dette… Comme tout ça paraissait facile dans la bouche du petit notaire. On voyait bien que ce n'était pas son argent ! Coursigny soupira. C'était sans doute la solution la plus simple. La banque avait les reins solides.

— Bien, je vais en parler à mon comptable. Autre chose ?

— Les entrepreneurs sont nerveux. Ils craignent de ne pas être payés. Ils refusent les billets à terme.

— Combien ?

Le ton de Coursigny était devenu tranchant. Monteil se figea. C'était le moment de vérité. Il dit d'une voix blanche :

— Cent mille.

Coursigny le regarda longuement, puis il vint s'asseoir à son bureau.

— Entendu. Vous pouvez disposer.

— Dès que vous aurez pris le contrôle de la compagnie, la confiance reviendra !

Coursigny eut un geste d'agacement. Monteil sortit à reculons.

Lorsqu'il eut quitté la pièce, le banquier se détendit. Il n'aurait jamais dû accepter de confier la gérance de la compagnie à ce Langis. Ce garçon n'avait aucune expérience. Qu'avait-il fait de l'argent qu'il avait levé auprès des souscripteurs ? Il faudrait demander au comptable de jeter un œil dans les comptes de la compagnie. Coursigny fit tourner entre ses doigts un coupe-papier en argent à manche d'ivoire qui lui servait habituellement à passer sa mauvaise humeur. À quoi bon ? Mauvaise gestion, voilà tout ! De toute façon, le problème était réglé. Langis ne lui causerait plus de tort. Ni à personne, d'ailleurs.

Pour l'heure, c'était l'affaire Dumoulin qui le préoccupait. Mortemart prétendait qu'on essayait de la faire sortir de prison. Ce n'était pas le moment. Pas avant le procès Dulac. Ce serait Madame de Grimonpré qui tirerait les ficelles. Mortemart proposait qu'on fasse annuler la donation de son mari pour faire pression sur elle. C'était peut-être une bonne idée, mais Coursigny ne lèverait pas le petit doigt. Il ne pouvait pas intervenir auprès du ministre de la Justice en faveur de Madame de Grimonpré un jour et demander qu'on la condamne le lendemain ! Un banquier n'est pas une girouette ! Si Mortemart voulait faire casser le jugement pour vice de forme, c'était son affaire. Après tout, elle avait été sa maîtresse… Il préférait l'autre option, alourdir la peine de Florine Dumoulin en intentant un autre procès.

Tout ça n'était pas très reluisant. Coursigny était dur en affaires, mais il répugnait à utiliser des méthodes aussi peu orthodoxes. Une fois que tout serait terminé, il faudrait qu'il se sépare de Mortemart. Ça coûterait ce que ça coûterait, mais le personnage l'indisposait. On racontait qu'il recevait les gens avec une robe en soie et une tresse. Et puis il y avait les rumeurs au sujet de ses parties fines. Il pourrait l'envoyer à l'étranger, par exemple.

XXVI

Cher Monsieur Montignac,

Je me permets de m'adresser à vous, car j'ai lu dans vos yeux l'intérêt que vous me portez. Votre inclination pour moi me touche, mais vous comprendrez que je ne puisse pas y répondre, étant lié à Monsieur Saunier-Langis par une passion réciproque et indéfectible.

Je veux vous voir comme un ami et non pas comme un amant, même s'il m'eût été agréable que vous le fussiez. C'est donc à l'ami que je m'adresse et à qui je demande son aide.

Vous avez compris que mon sort dans la maison de Monsieur Ricordet, qui se prétend mon époux, était insupportable pour une jeune fille comme moi, éprise de liberté et nourrissant de grands projets. J'ai donc décidé de prendre la fuite.

J'ai, en Angleterre, des cousins tout disposés à m'aider. Je dois, pour les rejoindre, prendre le train jusqu'à Boulogne, ou quelque autre port, où je prendrai le bateau pour traverser la Manche. Organiser ce voyage ne devrait pas présenter de difficultés pour un homme tel que vous, qui êtes instruit et, comme j'ai pu le constater, capable d'initiative. Il est bien entendu que je vous paierai. Mon père m'a accordé une dot confortable dont j'entends user à ma guise.

J'ai besoin également d'un passeport que vous ferez établir au nom de Madame veuve Saunier-Langis.

Je suis disposée à en discuter avec vous en tête-à-tête. Il vous suffit, pour cela, de pénétrer dans le jardin de la maison de Monsieur Ricordet en franchissant le mur de clôture. Je laisserai la fenêtre de ma chambre ouverte ainsi qu'une veilleuse allumée pour que vous la repériez.

Faites-moi savoir le soir qui vous convient pour cet entretien. Je vais tous les mardis à l'Académie de musique de la rue Le Peletier. Il vous suffit de vous approcher de moi au foyer et de me glisser un mot dans la main.

Je vous suis, Monsieur Montignac, infiniment reconnaissante pour votre aide et j'ose espérer, une fois que je serai à l'abri en Angleterre, rester à jamais votre

Clotilde

Montignac relut plusieurs fois la lettre qu'un coursier venait de lui apporter. Il était éberlué. Une lettre totalement surréaliste. S'il n'avait pas lu dans les yeux de Clotilde Ricordet toute la passion dont cette jeune femme était capable, il eût cru à un canular. Il porta le feuillet couvert d'une écriture fine et élégante à ses narines. Il s'en dégageait une subtile odeur de violette. « Votre inclination pour moi me touche, mais vous comprendrez que je ne puisse pas y répondre… Je veux vous voir comme un ami et non pas comme un amant, même s'il m'eût été agréable que vous le fussiez… J'ose espérer rester à jamais votre Clotilde… » Jamais femme ne lui avait parlé de la sorte. Ne lui avait exprimé de manière aussi directe l'attirance qu'elle avait éprouvée pour lui. Il se prit à rêver… Et si cette invitation à la rejoindre dans sa chambre un soir sous-entendait autre chose que ce qu'elle avait bien voulu en dire ? Le service qu'elle lui demandait était loin d'être anodin. Se procurer un faux passeport n'était pas une tâche insurmontable, Antonin pourrait certainement l'aider. Mais l'entreprise était risquée. Il encourait une lourde peine de prison s'il se faisait prendre. Clotilde ne pouvait pas l'ignorer. En proposant de l'accueillir dans sa chambre, peut-être voulait-elle lui faire comprendre qu'elle était prête à s'offrir à lui en récompense de son dévouement ? Puisqu'elle allait partir et ne le reverrait jamais plus…

Montignac ferma les yeux… Une chambre éclairée par une simple veilleuse, une odeur de violette, une jeune femme vêtue d'une robe en organdi de couleur parme et aux cheveux noirs défaits… Deux perles scintillent à ses oreilles, un rubis se perd dans le sillon qui s'ouvre à la naissance de sa poitrine. Sa bouche est un fruit frais qu'elle tend vers lui. Il la prend dans ses bras et couvre son visage et sa gorge de baisers. Elle l'attire à elle. Ils basculent sur le lit. La robe retroussée dévoile des bas blancs, un peu de la chair de la cuisse au-dessus de la jarretière, une culotte bouffante en lin…

Montignac rouvrit les yeux. Quelle folie ! Cette jeune femme était, à n'en pas douter, passionnée et prête à toutes les extravagances, mais il ne se voyait pas, lui, Montignac, escalader un mur en pleine nuit et grimper à l'étage en s'accrochant au lierre pour lui apporter un faux passeport, négocié âprement avec un faussaire au fond d'une gargote mal famée sous l'œil vigilant d'un mouchard qui ne manquerait pas de le dénoncer ! Et, d'ailleurs, peut-être se contenterait-elle de lui dire « Merci, Monsieur Montignac, je savais que je pouvais compter sur vous. », après quoi elle le congédierait un déposant un chaste baiser sur sa joue.

Non, tout cela était de la folie. De la pure folie. Et pourtant… Cette jeune femme l'avait touché. Elle lui avait paru si vulnérable. Livrée à cet homme odieux qu'était Ricordet, prêt à tout pour éliminer son amant. Comment l'aider sans prendre des risques inconsidérés ? Quelqu'un pouvait peut-être se charger de lui procurer un passeport qu'il lui donnerait discrètement à l'opéra… Oui, mais qui ? Brageot, le militaire ? Cet homme devait avoir besoin d'argent. Il connaissait certainement des personnes capables de fabriquer un passeport. On devait pouvoir compter sur lui. Il suffirait de lui dire que c'est pour venger Langis. À condition de le payer convenablement, bien sûr, mais Clotilde était prête à le faire.

Montignac secoua la tête. Il ne pouvait se résoudre ni à agir ni à abandonner. Abandonner quoi, d'ailleurs ? Abandonner l'idée de secourir Clotilde, ou abandonner l'espoir, même improbable, de passer une nuit avec cette jeune femme pleine de fougue et de passion ?

XXVII

Montignac reprit la lecture des petites annonces. La piste du petit comptable lui paraissait bien improbable, mais ça l'occupait. Il s'attaqua à celles du mois d'avril. Cette fois, il n'en retint que deux, l'une pour la Compagnie Couperon, l'autre pour les entrepôts Martin Frères à Bercy. Il choisit de rendre d'abord visite à la maison Couperon. Un atelier de mécanique parmi d'autres au bord du canal Saint-Martin, à peine plus étendu malgré le nom pompeux que lui avait donné son créateur. Le patron n'était pas là, un contremaître le reçut. « Le poste de comptable ? Il est pris. » Il fallait crier pour se faire entendre, tant le bruit de martèlement et la stridence grinçante des machines-outils étaient forts. « Tenez, c'est Monsieur Frontin, que vous voyez là-bas. Je peux vous le présenter, mais je ne pense pas qu'il ait besoin d'un assistant. » Montignac le remercia. Il ne recherchait pas un poste d'assistant, mais de chef comptable. Il tâcha d'imprimer dans sa mémoire la silhouette de Frontin.

Il revint plus tard, en fin d'après-midi, et se posta un peu plus loin pour attendre la sortie des employés. Frontin, comme il se doit pour un homme dans sa position, ne sortit qu'une vingtaine de minutes après les ouvriers. C'était un homme de taille moyenne, vêtu d'une redingote grise et d'un pantalon noir. Il avançait penché en avant et les mains derrière le dos. Montignac le suivit jusqu'à la rue Riquet. Frontin pénétra dans un de ces hôtels signalés par une simple enseigne et dont la façade est aussi lépreuse que celle des immeubles avoisinants. Montignac attendit quelques minutes avant de pénétrer à son tour. Un homme à la lippe pendante et aux bajoues flasques attendait le client derrière un comptoir en bois verni en se rongeant les ongles. Montignac prit l'air supérieur d'un enquêteur de police, exhibant un vague papier sous le nez du réceptionniste, et il l'interrogea sur le citoyen qui venait de monter. L'homme répondit de mauvaise grâce aux questions, exhalant une haleine qui n'incitait pas à prolonger l'interrogatoire. Frontin était arrivé à la fin du mois de février. Il menait une vie tranquille, réglait sa semaine le samedi soir et sortait deux fois par jour, le matin pour se rendre à son travail et à sept heures pour dîner au bouillon Riquet, au coin de la rue d'Aubervilliers. Montignac remercia et sortit en saluant d'un signe de la main à hauteur du front. Il se rendit ensuite au bouillon Riquet où il se fit servir une soupe épaisse avec des morceaux de pommes de terre et du pain.

Frontin arriva à sept heures cinq. Il se dirigea vers une table au fond de la salle et on lui apporta le journal du jour, un bol de soupe et une carafe de vin. Montignac attendit qu'il eût commencé sa soupe pour se lever. Il se dirigea avec une démarche hésitante vers la porte de la cour, dans l'espoir, sans doute de se soulager. Au passage, il buta contre la table de Frontin. Surpris, celui-ci sursauta et manqua de renverser son bol. Il n'y avait pas de casse, mais de la soupe s'était répandue sur la table. Montignac se confondit en excuses. Monsieur, monsieur… Je suis désolé… Je ne sais comment m'excuser… Je suis tellement maladroit ! Il n'y a qu'à moi que ça arrive, des choses comme ça… J'espère que vous n'êtes pas taché… Frontin l'avait tout d'abord regardé d'un air furieux puis il s'était radouci en voyant l'état dans lequel était le malheureux. Il n'y a pas de mal. Ça peut arriver à tout le monde…

— Garçon ! Apportez un autre bol de soupe à Monsieur. Et une bouteille de vin !

Frontin fit un signe de dénégation, mais Montignac ne revint pas sur sa commande. Il s'assit d'autorité en face du comptable et engagea la conversation.

*

Frontin n'avait pas aussi bien mangé depuis… son incarcération. Montignac avait demandé du pâté qu'ils avaient partagé. Heureusement qu'il avait touché sa quinzaine le samedi précédent. Frontin étala ses jambes sous la table et but à petites gorgées le verre de vin que Montignac venait de remplir pour la quatrième fois. Un homme comme lui, au fond, ce Montignac. Qui était monté à Paris plein de projets et qui avait connu des hauts et des bas. En ce moment, ça allait plutôt mieux. Il avait trouvé une place de représentant pour une marque de cirage. Après lui avoir raconté sa vie, Montignac l'interrogea :

— Et vous Monsieur Frontin ?

— Oh, mon histoire personnelle n'est pas très intéressante. En ce moment, je suis comptable dans un atelier de mécanique. Mais, comme vous pouvez le constater, je ne mène pas la grande vie. Le patron est un rapiat. Ses affaires vont bien, je suis bien placé pour le savoir ; mais il paie très mal ses ouvriers et moi, à peine plus.

— Oui, j'en ai connu, des patrons comme ça. Qui pleurent misère et qui dorment sur un tas d'or.

— Mais ça n'a pas toujours été comme ça !

Frontin était en verve. Depuis quand n'avait-il pas eu une discussion franche avec quelqu'un ? Un gars bien, ce Montignac. Et il y avait peut-être une place de comptable à prendre, dans son usine de cirage.

— Au début des années cinquante, je crois que c'était en cinquante-deux, j'ai été embauché par un financier. Un baron. Enfin, c'est ce qu'il disait. Aujourd'hui, si vous avez de l'argent, vous pouvez vous proclamer baron.

Montignac rigola.

— Ça, c'est bien vrai !

— J'étais son comptable et son secrétaire particulier. Il payait bien. Faut dire que j'étais au courant de toutes ses combines. Entre nous… les financiers, vaut mieux pas mettre le nez dans leurs affaires ! En façade, ce sont des gens bien comme il faut, qui vous font des civilités, mais par-derrière…

Montignac hocha la tête. Il comprenait à demi-mot.

— Ce baron est tombé amoureux d'une actrice. Ou d'une chanteuse, je ne sais plus. Une fille… (Frontin leva la main, le pouce et le majeur serrés l'un contre l'autre, et fit un bruit de succion avec sa bouche. Ce devait être une sacrément belle fille !) Elle avait… Dix-huit ans ? Sortie tout droit de la fange ! On disait que sa mère était une prostituée qui avait couché avec le Tout-Paris.

Frontin but une nouvelle gorgée et jeta un œil vers la bouteille qui était presque vide.

— Elle l'a ruiné, le baron ! Remarquez…

Frontin fit signe à Montignac de s'approcher et celui-ci se pencha vers lui.

— Ses affaires n'allaient plus très bien. S'il n'avait pas été soutenu par deux agents de change, de sacrés filous, ceux-là, il aurait dû réduire la voilure depuis un moment. Sauf que… s'il avait fait ça, adieu la chanteuse !

— Eh oui !

— Elle lui en a soutiré, de l'argent ! Qu'elle dépensait tout aussitôt, d'ailleurs… Je lui disais, Monsieur Peyrard, vous ne pourrez pas honorer vos prochaines échéances… Il ne m'écoutait pas. Il trouvait toujours un gogo prêt à lui prêter de l'argent.

Frontin se tut. Montignac respecta son silence. Puis il vida le fond de la bouteille dans le verre de Frontin et celui-ci reprit :

— Et puis il est arrivé un jour où la ficelle a cassé. Il s'est retrouvé insolvable. Alors, évidemment, tous ses créanciers lui sont tombés dessus. Il s'est suicidé.

— Non !

Montignac ouvrit de grands yeux.

— Si. Remarquez, c'est ce qu'il avait de mieux à faire.

— Quand même…

— Ça a fait un sacré scandale. Vous avez dû en entendre parler.

— Vous savez, à cette époque, j'étais en province.

— Oui, bien sûr, j'oubliais… Il y a eu une enquête et les agents de change ont été arrêtés.

— C'est bien fait. Y a quand même une justice.

— Attendez… On s'en est aussi est pris à moi. Cette saloperie de chanteuse a dit que j'étais au courant de tout. Qu'elle avait entendu des conversations entre mon patron et moi à ce sujet. Je ne sais pas si on l'a payée pour dire ça ou si on a menacé de révéler ses origines… Les agents de change m'ont chargé, histoire de se dédouaner. J'ai payé pour les autres.

— Une amende ?

— Non, de la prison !

— C'est pas vrai !

Montignac s'était penché vers l'avant. Il était révolté.

— Si…

— Mon pauvre vieux ! Vous n'avez pas pu vous défendre ?

Frontin eut un petit rire désabusé.

— Vous croyez que je pouvais me payer un avocat de taille à résister à ceux de ces messieurs ?

— Non, bien sûr… Mais vous vous en êtes tiré. Vous avez payé votre dette à la société, comme on dit !

Frontin regarda son verre vide avec nostalgie.

— Oui, mais voyez à quoi j'en suis réduit !

— Et la… chanteuse ? Qu'est-elle devenue ? Vous l'avez revue ?

— Non. J'ai tourné la page. Je n'ai pas cherché à la revoir. Qu'elle aille au diable !

Frontin regardait le mur derrière Montignac. Il avait le visage fermé. Montignac eut la certitude qu'il mentait.

*

Montignac avait laissé Frontin au bouillon Riquet. Celui-ci avait commandé une autre carafe de vin. Alors, coupable, ou non coupable ? Ou plutôt : capable d'exercer un chantage sur Langis pour se refaire financièrement et se venger de la Florentine, ou bien épave racontant ses malheurs à qui voulait bien lui payer à boire ? Difficile de trancher. Encore un dilemme ! La question qu'il se posait au sujet de Clotilde lui revint à l'esprit. Une question qui revêtait pour lui beaucoup plus d'importance. Il est vrai que l'enjeu le touchait de plus près…

*

Lorsque Frontin regagna sa chambre d'hôtel, il était très déprimé. Sur le moment, sa rencontre avec Montignac lui avait fait beaucoup de bien. Cela faisait si longtemps qu'il n'avait pas eu une conversation amicale avec quelqu'un ! Une fois Montignac parti, des souvenirs du passé étaient remontés à la surface et l'avaient accablé. Souvenir de ce jour, par exemple, où il avait cru à sa bonne étoile… Il lui avait semblé que la Florentine avait de l'inclination pour lui. Elle le regardait avec bienveillance. On savait bien qu'elle était d'un naturel volage… Un soir, il s'était posté dans l'immeuble où Peyrard avait loué un appartement pour sa maîtresse et l'avait attendue. Elle était rentrée vers minuit. Alors qu'elle ouvrait la porte, il l'avait plaquée contre le mur et cherché ses lèvres tout en la caressant au travers du tissu de sa robe. Elle l'avait repoussé avec vigueur, mais c'était un jeu, n'est-ce pas ? Elle cherchait à exciter son désir ! Il s'était montré encore plus entreprenant, cherchant à retrousser sa robe en lui proclamant son désir avec des mots crus. Un violent coup de tête sur le front avait stoppé net ses ardeurs. La Florentine l'avait menacé de tout raconter à Peyrard. Il avait répliqué en lui disant qu'il pouvait, lui aussi, raconter beaucoup de choses à propos de ses infidélités. Au cours de semaines qui suivirent, ils s'étaient épiés, chacun cherchant à deviner les intentions de l'autre.

Il avait alors compris qu'il avait un avantage décisif sur elle. Un mot de sa part et elle perdait tout. Il comptait bien en profiter un jour ou l'autre. Il lui suffisait d'être patient. L'occasion se présenterait.

Ce jour n'était jamais arrivé. Peyrard s'était suicidé et on l'avait arrêté. L'occasion était trop belle pour la Florentine qui l'avait dénoncé. À sa sortie de prison, Frontin avait constaté avec dépit qu'elle avait trouvé un nouveau protecteur. La mort de Langis n'avait pas calmé sa rancœur. Elle rebondirait, elle était toujours aussi désirable…

XXVIII

— Une dame demande à vous rencontrer.

— Une dame ? Jeune ?

L'appariteur fit la moue.

— La cinquantaine. Peut-être moins. Une bourgeoise.

Pour les appariteurs, il y avait trois catégories de femmes : les femmes du monde, les bourgeoises et les cocottes. Montignac avait espéré que ce fût Madame de Grimonpré (une femme du monde) ou Valentina (une cocotte). Il patienta quelques minutes, le temps que l'appariteur aille chercher la visiteuse.

— Bonjour Monsieur Montignac. Je vous remercie d'avoir accepté de me recevoir. Je suis Madame Harlay, la maman de Clotilde.

Madame Harlay était une femme de taille moyenne. Elle portait une robe avec des rayures verticales qui parvenaient assez bien à affiner sa silhouette malgré son embonpoint. Elle avait le même nez et la même bouche que sa fille. Ses cheveux gris étaient tirés vers l'arrière pour former un chignon qui donnait à son visage un sérieux que contredisait son regard doux. Une fois de plus, l'auteur avait brodé et enjolivé son portrait…

— Je sais que vous avez été en contact récemment avec ma fille…

Montignac marqua de la surprise.

— Ne vous formalisez pas ! Je ne vous fais pas surveiller. C'est Clotilde qui me l'a dit.

Montignac resta sans voix. Pourquoi Clotilde avait-elle parlé de lui à sa mère ?

— Clotilde est ma fille unique. La seule qui ait survécu, devrais-je dire. Je suis très attachée à elle. J'ai toujours veillé à ce qu'elle ne manque de rien… Enfant, c'était une petite fille rêveuse, nourrie de lectures. Peut-être trop, d'ailleurs. Je ne l'ai sans doute pas assez préparée à la vie.

Madame Harlay poussa un soupir.

— Malheureusement sa route a croisé celle d'un homme sans scrupule, d'un coureur de dot… d'un prédateur qui a abusé d'elle.

La voix de Madame Harlay se brisa lorsqu'elle prononça cette phrase. Il lui fallut ensuite quelques secondes pour reprendre le contrôle d'elle-même. Elle se lança dans une longue tirade :

« Je porte une grande responsabilité dans ce qui s'est passé, car c'est moi qui ai engagé Monsieur Saunier-Langis comme répétiteur pour que Clotilde puisse parfaire sa maîtrise de l'anglais. Ma mère est Anglaise et je tiens à ce que ma fille parle aussi la langue de sa grand-mère et de ses cousins. Langis était un homme habile et manipulateur. Il a su gagner ma confiance et j'ai relâché la surveillance que je me devais d'exercer lors des répétitions qu'il donnait à ma fille. Il en a profité pour suborner Clotilde et l'amener à accepter une rencontre avec lui à l'insu de tous. »

Nouveau soupir. Madame Harlay était visiblement très émue.

« Une fois qu'il eut accompli son forfait, ce gredin a sollicité un rendez-vous avec Monsieur Harlay pour lui demander la main de Clotilde. Je suppose qu'il imaginait que Monsieur Harlay ne pourrait pas refuser, mais mon mari l'a fait jeter à la porte. Mon mari est un homme très strict. Il voulait au contraire que Clotilde entre au Carmel. Je ne pouvais me résoudre à ce qu'elle fût enterrée vivante. J'ai réussi à l'en dissuader, pourvu qu'on lui trouvât un mari rapidement.

Clotilde était très choquée de ce qui lui était arrivé. Le comportement de Langis, pour qui elle avait eu, je crois, de l'inclination, lui faisait horreur. Lorsqu'il est devenu évident qu'elle était enceinte, elle a sombré dans le plus grand désespoir. Elle ne mangeait plus, pleurait toute la journée et parlait de mettre fin à ses jours. Je l'ai veillée jour et nuit pendant trois semaines pour empêcher qu'elle mette son projet à exécution.

Pendant ce temps, Monsieur Harlay lui avait trouvé un mari. Monsieur Ricordet, un homme doux, compréhensif et fortuné, qui avait perdu sa femme et souhaitait se remarier. Clotilde a accepté ce choix avec docilité.

Elle a malheureusement été frappée par un autre malheur. Elle a fait une fausse couche et perdu son enfant. C'est à ce moment que sa raison s'est altérée. Elle alterne depuis des phases de profond abattement avec des phases de surexcitation. Elle tient alors des discours incohérents et échafaude des projets fantasmagoriques. Elle prétend que Monsieur Ricordet la persécute, elle manque de respect à son père, mais, surtout, elle affirme que c'est elle qui s'est donnée volontairement à Langis. Une façon pour elle, j'imagine, de justifier à ses propres yeux l'injustifiable. »

Madame Harlay se tut un court instant, puis elle reprit :

« J'avoue avoir cru un temps qu'elle était sincère. J'ai compris qu'elle s'était enfermée dans un monde irréel le jour où elle a rencontré Monsieur Langis au bras de sa maîtresse à l'opéra. Elle ne l'a pas reconnu… Je sais qu'elle a sollicité plusieurs personnes pour leur demander dc l'aider à prendre la fuite avec son amant qui, selon elle, voulait l'emmener en Chine.

La mort de Langis, à mon grand soulagement, ne semble pas l'avoir beaucoup affectée. Mais elle n'a pas mis un terme à ses projets. Clotilde ne parle plus de voyage en Chine, mais de fuir en Angleterre où l'attendrait un amant hypothétique.

Monsieur Ricordet a bien du mérite. Il continue de se montrer attentionné et de prendre soin de Clotilde. Lorsqu'elle devient trop agressive, il fait appel à moi pour que je le remplace auprès d'elle. »

Madame Harlay se tut. Elle paraissait épuisée. Elle regardait Montignac avec un air implorant. Qu'attendait-elle de lui ? Aide ou réconfort ? Elle reprit :

— Vous comprendrez aisément que je sois très inquiète pour la santé mentale de ma fille. C'est la raison pour laquelle j'ai pris la liberté de vous contacter.

— J'ai conscience que c'est une jeune femme fragile. Aussi, soyez assurée, Madame, que je ne ferai rien qui puisse mettre en danger votre fille.

Madame Harlay attendait sans doute un engagement plus fort, mais elle avait du savoir-vivre. Elle n'insista pas. Elle échangea quelques banalités avec Montignac, puis celui-ci la raccompagna jusqu'à la sortie. En partant, elle lui jeta un regard dans lequel on pouvait lire sa détresse.

*

Montignac était perplexe. Madame Harlay lui paraissait sincère et son désarroi était réel. Mais une mère connaît-elle vraiment les sentiments de sa fille ? Peut-elle admettre, et même simplement envisager, que celle-ci ait pu se donner à un homme avec toute la passion que peut éprouver une jeune fille de dix-huit ans ? Les motivations réelles de Langis n'étaient peut-être pas aussi pures que l'imaginait Clotilde (encore que… un homme dans la trentaine, même s'il avait mené jusque-là une vie dissolue, pouvait très bien tomber follement amoureux d'une jeune fille de dix-huit !), mais il était tout à fait concevable qu'elle voulût s'affranchir de l'emprise d'un quinquagénaire qu'elle n'aimait pas. Madame Harlay le disait doux et attentionné, une posture qu'on peut facilement adopter en présence d'une belle-mère, même et surtout lorsqu'on est un mari pervers et tyrannique.

Ce qui faisait douter Montignac, c'était le contenu pour le moins étonnant de la lettre que Clotilde lui avait adressée. N'était-il pas le produit d'une imagination en proie au délire provoqué par des événements oh combien traumatisants ? Mais ne pouvait-on pas aussi l'expliquer par l'exaspération d'une très jeune femme, peu au fait des conventions et prête à tout pour échapper à un destin insupportable ? Sa mère n'avait-elle pas dit qu'elle avait voulu mettre fin à ses jours ? Même son invitation à l'accueillir dans sa chambre pouvait se justifier. Où pouvait-elle le rencontrer si elle était étroitement surveillée ?

Dans la première hypothèse, accéder à la demande de Clotilde, c'était profiter lâchement de la faiblesse d'une jeune femme qui n'avait plus toute sa raison. Dans la seconde, c'était un devoir. Mais comment trancher ? Il lui fallait pour cela la rencontrer de nouveau. Mais où la rencontrer ailleurs que chez elle, dans sa chambre ? Et, dans ce cas, pourrait-il résister si, dans son délire, elle s'offrait à lui ? Tout ce qui, en elle, lui avait paru banal lors de sa première rencontre, était devenu désormais l'objet de son désir. Son visage allongé, ses yeux pleins de passion, sa bouche qui devait être si fraîche, ses seins qu'il imaginait fermes et prompts à se dresser sous les caresses…

Elle allait à l'opéra le mardi soir, avait-elle dit. Il avait encore une semaine avant de se décider. Cette fois, il n'était pas question qu'il manque son rendez-vous avec Antonin.

L'adolescent l'attendait à l'endroit habituel, appuyé contre un mur. Il jouait aux osselets.

— Chef, j'ai du nouveau.

— Dis toujours.

— J'ai vu dans la vitrine d'un bijoutier de la rue de Belleville l'épingle de cravate de Langis.

— L'épingle de cravate de Langis ?

— Oui, une épingle de cravate dont l'embout représente un petit dragon vert. Je n'en ai jamais vu de pareille. Ça vient certainement de Chine.

Ça, pour une nouvelle, c'était une nouvelle ! De quoi relancer une nouvelle fois l'enquête !

XXIX

Voilà plusieurs jours qu'elle n'avait pas eu de nouvelles de Montignac. C'était étonnant. Il lui avait pourtant semblé qu'il la courtisait. Marie-Adélaïde de Grimonpré n'était pas particulièrement coquette, mais il ne lui déplaisait pas d'être l'objet d'attentions de la part de jeunes gens. La cour que lui faisait Lousteau était maladroite et elle avait fini par s'en lasser. Montignac était plus discret, plus attentionné. Qu'était-il devenu ? Devait-elle le contacter ? C'était délicat. Il ne fallait pas qu'elle lui donnât l'impression de courir après lui. D'autant que ce n'était pas le cas. Qu'il ne lui donnât pas signe de vie était, d'une certaine façon, rassurant, la petite blessure d'amour-propre mise à part, car cela signifiait qu'il n'était pas tant que ça attaché à elle. Mais s'occupait-il toujours de Florine ou avait-il abandonné ?

Madame de Grimonpré faisait ce qu'elle pouvait. Elle avait contacté un autre avocat, qui lui avait réclamé cinquante francs, mais qui s'était montré très évasif sur la possibilité d'une libération anticipée de Florine. La veille, elle avait revu de Brugères lors d'une réception. Il s'était une nouvelle fois montré très empressé auprès d'elle, mais elle n'avait pas osé lui parler de Florine. Qu'aurait-elle pu lui dire, d'ailleurs ? Et que pouvait-elle dire à Antonin ? Elle le voyait presque chaque jour. Il travaillait très consciencieusement, soucieux de mériter son salaire. Elle s'arrangeait pour qu'il reparte chaque fois avec une livre de pain, ou des légumes. C'était la cuisinière qui lui donnait, en prétextant qu'elle n'en ferait rien, que le pain était rassis ou que les légumes allaient se gâter. Mais ce n'était pas cela qu'il venait chercher. Elle voyait bien dans son regard qu'il eût aimé qu'elle lui dise : « Je me suis occupée de Florine, j'ai bon espoir qu'elle sortira bientôt ».

C'était la seule chose qui la tracassait désormais. Depuis qu'elle avait décidé de rompre avec Mortemart, elle était apaisée. Pour être tout à fait honnête, elle aurait dû dire : depuis qu'elle avait rompu avec Mortemart et depuis qu'elle avait fait la connaissance de de Brugères. Sans lui et ses nouveaux amis, elle eût été très inquiète.

Il lui arrivait d'avoir des regrets. À quel moment sa relation avec Mortemart avait-elle déraillé ? Aurait-elle pu faire quelque chose pour l'éviter ?

À quoi bon se poser ces questions ? Quel gâchis… Elle ne pouvait s'empêcher de penser aux moments de bonheur qu'elle avait eus avec Mortemart. Elle n'était pas très optimiste sur son avenir. S'il continuait de fumer de l'opium, il finirait par sombrer. Peut-être, d'ailleurs, était-il déjà trop tard lorsqu'elle l'avait rencontré. Il lui revint en mémoire une soirée, au tout début de leur liaison. Il s'était plaint de brusques bouffées de chaleur et s'était mis à trembler. Il lui avait demandé de le laisser seul.

Elle devait « refaire sa vie », comme on dit. Drôle d'expression ! Comme si on pouvait refaire sa vie. Madame de Grimonpré avait trente-deux ans et elle voyait dans le regard des hommes qu'elle suscitait encore du désir. Elle n'était certes pas un « beau parti », mais elle pouvait prétendre à un mariage de raison. À condition qu'à la raison se mêle un peu de passion. Elle n'avait pas encore atteint l'âge à partir duquel on devait en faire son deuil.

XXX

— C'est une pièce unique, en jade, qui vient directement de Chine !

Le bijoutier observait le jeune homme qui faisait tourner l'épingle de cravate entre ses doigts. Un jeune qui voulait se donner des allures de dandy sans en avoir les moyens. Cela se traduisait par un foulard de couleur vert pomme noué autour du cou et une veste à carreaux qu'il avait dû dénicher chez un fripier. Le bijoutier demandait cinq cents francs. Il était prêt à descendre à quatre cent, mais pas plus bas. Il était certain de trouver acheteur à ce prix-là.

— Réfléchissez, mais ne tardez pas trop, ce genre de pièce part très vite.

Le jeune homme hocha la tête. Oui, il allait réfléchir. Le bijoutier doutait qu'il pût l'acheter. Il n'avait pas les moyens, voilà tout.

— Monsieur de Saunier-Langis portait une épingle de cravate similaire. Vous savez, le financier qui a été assassiné le mois dernier !

Le bijoutier tiqua. Il n'avait plus du tout envie de faire affaire avec ce jeune homme. Il le reconduisit à la porte en espérant ne plus jamais le revoir.

*

Montignac était très satisfait de sa mise en scène. Le bijoutier avait réagi comme il s'y attendait. Antonin, qui patientait un peu plus loin, alla vérifier que l'épingle avait été aussitôt retirée de la vitrine. Le piège était en place. L'homme qui avait proposé l'épingle au bijoutier, qui était sans doute l'un des trois malfrats décrits par le vagabond interrogé par Montignac, ne manquerait pas de constater qu'elle n'était plus en vitrine. Il viendrait réclamer son dû au commerçant. Il suffisait donc de se poster le soir non loin de la bijouterie et d'attendre pour l'identifier. Antonin se proposa. Il savait que Montignac répugnait à se hasarder en dehors des quartiers du Paris d'avant 1860. Alors, la nuit, vous pensez ! C'était hors de question ! Mais Montignac, s'il voulait être digne de l'admiration de Madame de Grimonpré, se devait d'être brave.

Ce fut donc lui qui se mit en faction le soir même à proximité de la boutique. On était au mois de juillet, la nuit tombait assez tard. L'attente risquait d'être longue. Heureusement, il faisait doux. Autre circonstance favorable, la vitrine, protégée à cette heure par de lourds volets intérieurs, était éclairée par un réverbère situé à quelques mètres. Il n'empêche, Montignac n'était guère rassuré. Il ne passait pratiquement personne dans la rue, mais cela ne faisait qu'augmenter son malaise. À mesure que le jour baissait, sa mâle assurance s'amenuisait. Les pas qui résonnaient dans le silence de la nuit qui avait fini par tomber le faisaient chaque fois sursauter. Les silhouettes qui passaient en rasant les murs avaient toutes un aspect inquiétant. Combien de fois ne fut-il pas frôlé par un homme qui venait de commettre un crime horrible et qui n'hésiterait pas à éliminer un témoin gênant ? Son cœur s'emballait et cognait violemment dans ses tempes. L'homme s'éloignait, dédaignant d'égorger ce quidam apeuré qui attendait certainement l'heure convenue pour frapper discrètement à la porte d'une bourgeoise avec laquelle il s'ébattrait pendant que le mari cocu ronflait comme un sonneur. L'instant d'après, le miaulement déchirant de chats se querellant le faisait trembler de tous ses membres. On assassinait une pauvre femme dans une ruelle adjacente ! Montignac avait une imagination fertile. Une imagination qui, pour l'heure, lui causait d'intenses frayeurs. Il lui fallait faire un énorme effort de volonté pour ne pas abandonner son poste. Montignac, que dirait Madame de Grimonpré si elle savait que tu n'avais pas plus de courage qu'une fillette ? Et Clotilde, crois-tu qu'elle aurait flanché si elle avait su que la vie de Langis en dépendait ?

L'une des ombres patibulaires qui flottaient devant ses yeux ensommeillés s'arrêta devant la bijouterie et toqua vigoureusement à la porte. Montignac se secoua. Il avait manqué de s'assoupir. Le bijoutier ne réagit pas tout de suite. L'homme toqua à nouveau et, peu de temps après, on entendit un bruit de chaînes et la porte s'ouvrit. L'homme pénétra dans la boutique et y resta plusieurs longues minutes. Lorsqu'il ressortit, il resta un instant dans le halo de lumière projeté par le réverbère et Montignac l'entendit proférer des menaces à l'encontre du bijoutier qui cadenassait la porte derrière lui. L'homme était trapu, il avait le crâne rasé et un anneau en or brillait à son oreille. Il avait un visage carré, des pommettes saillantes et de petits yeux. Montignac tâcha d'imprimer ce visage dans sa mémoire. Il avait prévu initialement de le suivre, mais il jugea que ce n'était pas raisonnable. L'homme ne manquerait pas de le repérer et de l'entraîner dans une ruelle où il le truciderait en s'acharnant sur lui, car c'était une brute sanguinaire qui prenait un malin plaisir à éviscérer ses victimes pour les faire souffrir le plus longtemps possible. Il redescendit la rue de Belleville aussi rapidement qu'il le put. Tu manques de souffle, Montignac. Tu devrais faire plus d'exercice.

*

Quelqu'un avait observé toute la scène. Quelqu'un qui n'éprouvait pas les frayeurs de Montignac. Quelqu'un qui était dans son domaine. Antonin ne montra aucune surprise lorsqu'il vit Montignac sortir de sa cachette et prendre la direction opposée à celle qu'avait prise le Tondu. À vrai dire, il s'y attendait. Cela ne le choquait pas : il savait que les honnêtes gens se racontaient des choses horribles sur ce qui se passait à la Courtille. Des choses qui étaient vraies dans certains cas. Mais il ne s'y perpétrait pas des meurtres effroyables tous les soirs. Et, en tout cas, pas dans des rues comme la rue de Belleville. Ce qui l'étonna, en revanche, ce fut de voir une ombre sortir d'un recoin et emboîter le pas de Montignac. Cette découverte le plongea dans un dilemme. Devait-il suivre le Tondu ou l'homme qui filait Montignac ? Il lui fallait se décider rapidement. Il choisit le Tondu. À la vitesse où il allait, Montignac ne mettrait guère de temps pour atteindre l'ancienne barrière de Belleville et l'homme qui le suivait paraissait garder une distance respectable. Pourquoi le suivait-il ? Mystère. Un mystère qu'il serait temps d'élucider plus tard.

Le Tondu n'était pas un amateur. Il se retournait régulièrement, faisait de brusques crochets, mais il ne paraissait guère craindre d'être suivi. D'ailleurs, pourquoi l'eût-il été ? Il avait appris à prendre des précautions lorsqu'il se déplaçait et c'était devenu pour lui comme une seconde nature. Il le faisait sans y penser, parce que ça lui avait évité plus d'une fois d'être pris, et même d'être liquidé par une bande rivale. Mais ça, c'est une autre histoire, que je vous raconterai une autre fois.

Antonin les connaissait, ses trucs. Il devinait à quel moment il se retournerait, quel crochet il ferait. Et il connaissait la Courtille comme sa poche. Il lui arrivait de ne pas prendre la même ruelle que le Tondu et de l'attendre plus loin, caché entre deux masures ou derrière la porte mal fermée d'un immeuble bas. À la Courtille, rares étaient les immeubles dont les portes avaient conservé leur verrou intact. Non pas qu'elles aient été crochetées, il n'y avait rien à voler, mais par négligence. On a perdu la clef, on donne un coup d'épaule pour entrer et personne ne pense à remplacer la serrure ou le verrou.

À mesure qu'il s'éloignait de l'ancienne barrière de Belleville, les estaminets et les tripots se firent plus rares, puis ils disparurent tout à fait. Il n'y avait plus aucun éclairage et, en l'absence de clair de Lune, l'obscurité était totale. Rares étaient ceux qui osaient s'aventurer dans cette zone. Le Tondu s'y déplaçait sans paraître craindre de se faire égorger. Antonin était plus circonspect. Mais, à vrai dire, son attention était plus occupée à éviter les immondices et le corps des ivrognes qui jonchaient le sol qu'à parer une éventuelle attaque. Antonin se déplaçait avec la souplesse d'un chat et son oreille était accoutumée à percevoir le moindre bruit inhabituel.

Bientôt, les maisons s'espacèrent. On était au pied des Buttes Chaumont, le mont Chauve. La butte et les terrains avoisinants étaient en cours d'expropriation et il était question d'y créer un parc d'agrément pour les Parisiens, mais pour l'heure les travaux n'avaient pas commencé. La butte proprement dite était éventrée par des carrières de gypse désaffectées et une vaste décharge s'étendait à ses pieds. Antonin répugnait à s'y hasarder de nuit. Il n'était plus en terrain connu. Il ne craignait pas les truands qui peuplaient la Courtille la nuit, car il savait les éviter, mais il appréhendait les rats et les chiens errants qui filaient entre ses jambes. Ne disait-on pas qu'ils étaient porteurs de maladies mortelles ? Au demeurant, il perdit rapidement la trace du Tondu qui, lui, connaissait bien le terrain. Pas étonnant qu'il n'ait pas réussi à le trouver, ni lui ni ses complices, jusqu'alors. Ils devaient se terrer sur la butte et ne descendre à la Courtille qu'en cas de nécessité. Ce ne serait pas facile de les repérer. Autant trouver une aiguille dans une botte de foin.

XXXI

De jour, la butte était aussi inhospitalière que la nuit. Certes, on ne risquait pas de se faire mordre par un chien enragé, mais on escaladait un roc pelé, sans arbre, couvert d'une maigre végétation. Antonin suivait Prosper, un gamin qui devait avoir dans les douze ou treize ans. À cette époque, on ne comptait pas. De toute façon, on ne fêtait pas les anniversaires. Pas dans ce milieu-là. Prosper grimpait avec aisance, évitant la caillasse qui vous tordait facilement la cheville. Il fit halte pour attendre Antonin qui peinait.

— Un peu plus loin, là-bas, il y avait un gibet.

Prosper tendit le bras en direction du nord.

— Un gibet ? Qu'est-ce que c'est ?

— Le gibet de Montfaucon[35]. C'est là qu'on accrochait les pendus. On pouvait en mettre seize d'un coup. C'était avant la Révolution. Celle qu'a été faite par l'autre Napoléon, celui qui a coupé la tête d'un roi.

Antonin écoutait la leçon d'histoire que lui donnait Prosper d'une oreille distraite. Il en profitait pour souffler. Prosper reprit l'ascension. Arrivé au sommet du raidillon, il se retourna vers Antonin avec fierté. À ses pieds s'ouvrait une gigantesque tranchée. Sous les couches supérieures couleur de terre, les parois abruptes étaient barrées sur toute leur longueur par des strates banches.

— Mon père a travaillé dans la carrière[36] jusqu'à la fermeture. Il taillait les blocs à la pioche. Mon grand frère travaillait en bas de la butte, aux fours à chaux. Quand la carrière a fermé, on venait y jouer le dimanche. Les parents ne voulaient pas, mais on y allait quand même.

Prosper s'engagea dans la descente.

— Fais attention, c'est dangereux. Si tu dérapes, tu descends jusqu'en bas !

Antonin le suivit précautionneusement. Prosper s'arrêtait souvent pour l'attendre.

— T'es sûr qu'il n'y a pas un chemin moins escarpé ?

— Si, mais c'est plus long. Je te montrerai quand on remontera.

Antonin avait engagé Prosper comme guide pour visiter la carrière. Un petit gars qui habitait le village de Belleville. Le gamin connaissait les lieux comme sa poche. Arrivé en bas, Antonin était fourbu.

— Viens, je vais te montrer les cabanes des ouvriers.

— Attends une seconde, faut que je souffle un peu !

Antonin leva les yeux. Les falaises qui les entouraient étaient impressionnantes. La carrière avait un aspect sinistre. Des charrettes qu'il eût été trop coûteux de remonter avaient été abandonnées. Pas le moindre brin d'herbe. Juste de la caillasse. Il jeta un œil à ses chaussures. Elles étaient couvertes de poudre blanche. Au moins, comme ça, on ne voyait pas qu'elles étaient usées.

— C'est bon ?

— On y va.

Les deux gamins firent une cinquantaine de mètres. La falaise formait une avancée derrière laquelle ils virent les cabanes. Antonin posa la main sur le bras de Prosper et lui commanda le silence. Celui-ci dit à mi-voix :

— Plus personne ne vient ici. Même nous !

Antonin attendit un moment avant de s'avancer. Si les complices du Tondu se donnaient rendez-vous dans la carrière, ce devait être ici. Ils approchèrent de la première cabane. Elle était vide et sa porte battait librement. À l'intérieur, une table, des chaises renversées, quelques outils et de la vaisselle cassée. Dans un coin, ce qui devait être des paillasses et qui avait été dérangées par les chiens errants. Même chose dans la deuxième. À la grande surprise de Prosper, la troisième était cadenassée. L'unique fenêtre était obstruée par des planches. Antonin en écarta une. L'intérieur était à peu près rangé. De la vaisselle et des couverts traînaient sur la table. Il y avait des cendres dans un coin de la pièce.

— On file, c'est tout ce que je voulais savoir.

Prosper était intrigué. Qui donc pouvait venir dans cette cabane ? Antonin devait savoir quelque chose, mais il n'était pas décidé à parler.

— Attends, je vais te montrer quelque chose, dit Prosper.

Antonin hésita. Mieux valait ne pas traîner. Il accepta à conte-cœur. Prosper l'entraîna un peu plus loin. Une galerie s'ouvrait dans la falaise.

— C'est là que les ouvriers entreposaient la nourriture. Souvent, ils restaient en bas toute la semaine et ne remontaient que le dimanche.

Antonin s'immobilisa en apercevant deux caisses au fond de la galerie. Il s'approcha et en ouvrit une sans difficulté. De l'opium. Des sachets identiques à ceux qu'il procurait à Mortemart. Prosper le regardait sans comprendre.

— Je t'expliquerai un autre jour. Maintenant, on file.

À l'entrée de la galerie, une autre surprise les attendait. Un type très grand, presque un géant, pénétrait dans la troisième cabane. Les deux gamins attendirent d'être certains qu'il fût à l'intérieur avant de sortir et de s'éclipser. Le chemin que Prosper fit emprunter à Antonin au retour était beaucoup moins escarpé qu'à l'aller.

*

Antonin redescendit à la Courtille. Parlerait-il à Montignac de ce qu'il avait découvert ? L'attitude de celui-ci à son égard l'avait passablement irrité. D'autant que Montignac avait été incapable de se montrer à la hauteur. Antonin résolut de poursuivre son enquête seul. Jusqu'à un certain point, bien sûr. Il fit l'hypothèse que les complices se retrouvaient le soir dans la carrière. En les épiant, il pourrait en savoir un peu plus et, peut-être, identifier le chef de la bande, celui qui tirait les ficelles et qui n'était certainement pas l'un des trois malandrins. Fort de cette information, il pourrait rabattre son caquet à Montignac. Et, nécessité fait loi, obtenir de lui une gratification. Il en avait bien besoin.

— Antonin !

Un de ses lieutenants venait vers lui.

— On a repéré le Tondu.

— Sûr ?

— Oui. Le gars a bien un anneau dans l'oreille.

— Où est-il ?

— Dans une taverne, chez la mère Pichard.

Les deux gamins filèrent chez la mère Pichard. Un petit gars les attendait.

— Il est toujours là ?

— Oui.

À ce moment précis, un type sortit de la taverne et les bouscula. Un type assez carré, avec une balafre sur la joue et un foulard rouge noué autour du cou. Antonin hésita. Fallait-il le laisser partir ? Il n'eut pas le temps de décider. On entendit de grands cris provenant de la taverne. La mère Pichard en sortit. Elle avait le visage décomposé.

— Au secours, appelez la police !

Antonin se faufila à l'intérieur. Tout le monde s'agitait. Les filles qui faisaient le service à l'étage étaient toutes descendues et criaient. Leurs clients les suivaient en se rajustant et tâchaient de filer avant l'arrivée de la police. Antonin se fraya un chemin jusqu'à l'escalier. Le Tondu gisait sur les marches, la gorge tranchée.

Ça lui fit un choc, à Antonin. Des cadavres, il en avait déjà vus, mais souvent, on les retrouvait au petit matin au milieu d'une mare de sang en train de sécher. Là, ça coulait encore et le Tondu vous regardait comme si vous étiez le coupable. Il sortit et dit à ses comparses :

— Les gars, y a plus rien à faire. Fichez le camp avant que la rousse arrive.

Lui, en revanche, il avait quelque chose à faire. Prévenir Montignac.

XXXII

Le lecteur (ou la lectrice) est en droit de s'étonner qu'Antonin pût localiser Montignac où qu'il se trouve. Il, ou elle, pense sans doute qu'il s'agit d'un artifice utilisé par l'auteur pour faire avancer plus rapidement son récit. C'est oublier qu'Antonin était à la tête d'une petite bande qui, en milieu d'après-midi, se répandait dans les rues de Paris pour crier les gros titres des journaux. Il lui était donc facile de localiser quelqu'un, pourvu que celui-ci ne cherchât pas à se cacher, comme c'était le cas des trois suspects – qui n'étaient désormais plus que deux – qu'il traquait activement depuis des jours et des jours.

Lorsqu'il aperçut Montignac, celui-ci s'engageait dans une de ces rues que les travaux du baron Haussmann n'avaient pas encore rasées, une rue qui s'étrécissait au bout d'une vingtaine de mètres pour ne plus laisser qu'un étroit passage. Antonin lui emboîta le pas. Il entendit soudain un inquiétant vacarme et, se retournant, il vit arriver sur lui un fiacre au grand galop. Antonin s'écarta, mais Montignac était déjà dans la partie la plus étroite de la rue. Antonin poussa un cri strident, avertissement bien inutile, car Montignac n'avait aucune chance de s'en sortir.

— Attention !

Montignac se retourna. Le fiacre fonçait sur lui. Impossible de lui échapper. Il jeta un regard désespéré autour de lui, persuadé qu'il allait mourir. Une porte s'ouvrit dans un porche. Une échelle en sortit à l'horizontale, à hauteur d'homme. Montignac se jeta à l'intérieur du porche et tomba au pied du porteur de l'échelle. On entendit le clapotement des sabots du cheval et le grondement de tonnerre du cerclage métallique des roues sur les pavés, puis un énorme craquement. La partie de l'échelle qui se trouvait encore à l'intérieur fut violemment rabattue contre le mur. Le porteur, un ouvrier, poussa un cri avant de s'écrouler. Le fiacre était passé.

Montignac se releva. L'homme à côté de lui avait le visage en bouillie. On ne pouvait plus rien faire pour lui. Des voisins commencèrent à envahir le porche. Montignac en sortit. Il était sonné. Antonin se planta devant lui :

— Vous êtes indemne ! Dieu soit loué. Rentrez chez vous. Le fiacre a été accidenté. Je vais demander à ma bande de gamins de le chercher. J'ai aperçu le cocher, il excitait son cheval. Il ne s'agit pas d'un accident.

Antonin s'éloigna. Montignac le laissa partir. Rentrer chez lui ? Non, il irait chez Madame de Grimonpré.

XXXIII

Lorsque Montignac se présenta chez Madame de Grimonpré, il était blême. Inquiète de le voir dans cet état, elle lui fit servir un remontant. Il expliqua ce qui était arrivé. Peut-être s'attendait-il à être dorloté. Si c'était le cas, il fut déçu. Madame de Grimonpré lui dit :

— Jacques, il faut cesser vos investigations. Ça devient trop dangereux. Il est temps d'en parler à la police.

— À la police ? Mais vous savez bien qu'ils ne veulent pas qu'on remette en question les résultats de leur enquête !

Madame de Grimonpré resta silencieuse pendant quelques secondes, puis elle reprit :

— Venez avec moi.

— Où m'emmenez-vous ?

— Au ministère de l'Intérieur. Voir Monsieur de Brugères.

— Qui est Monsieur de Brugères ?

— C'est le chef de cabinet du ministre. Je suis certaine qu'il nous écoutera.

*

De Brugères les reçut dans son bureau au ministère. Il était fort occupé, mais accepta de leur consacrer une demi-heure. Madame de Grimonpré entra tout de suite dans le vif du sujet.

— Monsieur Montignac vient d'être victime d'une tentative d'assassinat. Or, Monsieur Montignac enquête sur les circonstances de la mort de Monsieur Saunier-Langis.

De Brugères fronça les sourcils, visiblement agacé. Qu'est-ce que c'était que cette histoire ? Et qui était ce Montignac ? Un journaliste ? De Brugères n'aimait pas les journalistes.

— Je croyais que l'affaire était résolue et que l'assassin était en prison.

— Monsieur Montignac a recueilli des témoignages troublants.

— Lesquels ?

Finissons-en. De Brugères avait eu tort de laisser entendre à cette femme qu'il s'intéressait à elle. Dommage, elle lui plaisait.

— Le premier est celui de l'assistant du chirurgien légiste qui dit que Langis n'est pas mort poignardé, mais d'en enfoncement de la boîte crânienne. Or le rapport du chirurgien légiste n'a pas été versé au dossier.

Ce pouvait être un oubli. À vérifier.

— Le deuxième d'une personne qui a vu sortir trois individus de l'hôtel particulier de Monsieur Langis la nuit du crime et dont aucune ne correspond au signalement d'Eugène Dulac, l'assassin présumé.

En soi, ça ne prouvait rien.

— Le troisième, recueilli auprès d'une personne dont la moralité est au-dessus de tout soupçon, qui établit qu'Eugène Dulac n'était pas sur les lieux du crime la nuit où celui-ci a été commis. Or, cette personne a été emprisonnée sous un motif fallacieux afin qu'elle ne puisse pas témoigner au procès.

De Brugères dressa l'oreille. Il avait entendu parler de cette histoire… Ça s'était passé du temps de Persigny.

— Dernier élément, Monsieur Montignac a trouvé chez un bijoutier une épingle de cravate ayant appartenu à Langis. Cela se passait hier soir. Il est resté en observation à proximité de la boutique et il a vu l'une des trois personnes que le témoin a vu sortir de l'hôtel particulier de Saunier-Langis se quereller avec le bijoutier. Aujourd'hui, on a tenté de l'assassiner.

Madame de Grimonpré y allait fort. Montignac n'aurait pas été aussi affirmatif. Mais ça avait marché. De Brugères avait été ébranlé par sa démonstration. Il se leva, alla se poster un temps dans l'embrasure d'une fenêtre, puis il revint s'asseoir à son bureau et dit :

— Écoutez… Ce que vous me dites ne constitue pas une preuve et je doute que cela suffise à innocenter Dulac. Mais ça mérite d'être creusé.

Il se tut un temps puis il reprit :

— Je vais écrire une lettre au commissaire d'Entremont. C'est un homme brillant qui a fait ses preuves en province. Monsieur Boudet l'a fait venir à Paris. Il n'est pas très occupé pour le moment. Je vous le prête pendant dix jours. Comme il enquêtera sur une affaire qui ne relève pas de ses compétences, il faudra rester discret. Je tiendrai le ministre au courant, mais son nom ne devra être mentionné sous aucun prétexte. Le préfet Boittelle pourrait en prendre ombrage.

Madame de Grimonpré remercia chaleureusement de Brugères. Un peu trop au goût de Montignac. De Brugères en retour se montra très empressé auprès d'elle :

— J'espère, Madame, vous revoir bientôt dans le salon de Monsieur Archambaud !

Il avait manifestement oublié qu'il n'avait qu'une demi-heure à lui consacrer. Un concurrent bien plus sérieux que l'avocaillon. De Brugères portait beau. Il était sans doute de très bonne famille, avait de l'instruction et une certaine culture. Montignac ne faisait pas le poids.

*

Antonin n'avait pas perdu son temps. Aussitôt après avoir renvoyé Montignac chez lui, il rassembla sa bande. Il les chargea, une fois qu'ils auraient vendu leurs journaux, de partir à la recherche du fiacre accidenté, en commençant par faire le tour des dépôts de la Compagnie impériale des voitures[37]. La tentative d'assassinat à laquelle il avait assisté passait au premier plan. Il s'occuperait de retourner à la carrière le lendemain.

Vers dix heures du soir, on lui rapporta qu'un fiacre manquait dans un dépôt du XIe arrondissement. On avait probablement cherché à le faire disparaître. Il commanda alors qu'on étende les recherches aux fossés bordant les fortifications entre la porte de Bercy et la porte de Romainville. Il faisait nuit, on ne se remit à chercher que le lendemain à l'aube. À sept heures, un gamin arriva en courant pour lui dire qu'on avait trouvé les restes d'un fiacre calciné près de la porte de Vincennes. Il se rendit sur les lieux. Au milieu des ronces, des pièces de bois restaient visibles au-dessus d'un tas de cendres encore tièdes. Sur l'une d'entre elles, on distinguait des traces du blason de la Compagnie impériale des voitures.

Des gamins s'étaient approchés. De pauvres gosses au teint maladif. Des gosses encore plus pauvres que ceux de sa bande, orphelins ou enfants de ceux qui avaient atteint le fond de la misère et que la ville des riches avait rejetés dans des taudis au pied de ses murailles. Ils n'étaient ni hostiles ni amicaux. Antonin était un gamin, comme eux, juste un peu moins sale, juste un peu mieux vêtu. Mais c'était un gamin de la ville, et ça suffisait à établir une barrière entre eux.

— Hé, les gars, il est là depuis quand, ce fiacre ?

Les gamins se regardèrent. L'un d'entre eux, qui devait avoir treize ou quatorze ans, s'avança. Il dit aux autres :

— Je le connais. C'est Antonin. Il est des nôtres.

Antonin lui donna une poignée de main virile. Un petit gars qui devait mendier ou voler du côté de l'ancienne barrière de Belleville. Un autre s'avança à son tour et dit :

— C'est un type qui l'a amené hier soir. Un géant. Il a demandé à voir le chef de notre village. (Il désigna les cahutes qui s'entassaient non loin de là.) Il a donné vingt francs pour qu'on le brûle et il est parti.

Antonin apprécia la franchise du gamin et lui tapa sur l'épaule.

— Je ne peux pas donner du travail à tout le monde, mais je peux prendre trois ou quatre d'entre vous pour vendre des journaux. Ça vous va ?

Les gamins s'entre-regardèrent et acquiescèrent.

— On se donne rendez-vous lundi à la barrière de Belleville.

*

À huit heures trente, Antonin était avec Montignac et le tenait au courant de se découverte. Pour une fois, celui-ci le félicita :

— Tu as fait du bon boulot, mon gars. Suis-moi. On va aller voir le commissaire d'Entremont.

Antonin fit un bond en arrière, comme si un serpent l'avait mordu.

— Un policier ! Jamais !

Montignac s'étonna. Dans de telles circonstances, il pensait qu'Antonin ferait une exception. Quelle tête de mule ! Il soupira.

— D'accord. J'irai seul.

Seul ? Pas tout à fait. À neuf heures Montignac se présentait chez Madame de Grimonpré. Elle lui demanda un peu de temps pour se préparer et, un peu avant midi, ils demandaient à être reçus par le commissaire d'Entremont au poste de police du 6e arrondissement.

XXXIV

Le commissaire d'Entremont était un homme petit et sec, avec un nez busqué et des yeux profondément enfoncés sous d'épais sourcils noirs. Il accueillit Madame de Grimonpré avec affabilité. La visite d'une femme de cette classe dans le poste de police du VIe arrondissement était chose rare.

— Bonjour Madame. J'ai reçu ce matin la lettre de Monsieur de Brugères. J'avoue que je ne m'attendais pas à vous voir si tôt !

Partageant à n'en pas douter les mêmes préventions que de Brugères contre les journalistes, d'Entremont affectait d'ignorer Montignac. Celui-ci s'imposa :

— Il y a du nouveau. On a retrouvé les restes calcinés du fiacre avec lequel on a tenté de m'assassiner.

D'Entremont le regarda avec surprise. Il avait été informé de cette prétendue tentative d'assassinat, mais n'y croyait guère.

— Qui a retrouvé ces restes ?

— Des gamins. Près de la porte de Vincennes, au pied des fortifications.

— Bien… Alors, allons-y.

Une fois sur place, le commissaire dut se rendre à l'évidence. Il s'agissait bien des restes d'un fiacre de la Compagnie impériale des voitures. Une dizaine de gamins faisaient cercle autour d'eux.

— Lequel d'entre vous l'a découvert ?

Un garçon un peu plus grand et moins dépenaillé que les autres s'avança.

— Moi, m'sieur.

— Quand l'avez-vous trouvé ?
— Ce matin, mais il a été amené hier soir. Il était accidenté.
— Qui vous l'a dit ?
— Des garçons qui vivent ici.

D'Entremont regarda les autres gamins. Des enfants malingres, vêtus de haillons et couverts de poussières. Visages fermés, hostiles. Ils ne parleraient pas. À une centaine de mètres, un groupe de femmes l'observait. Derrière elles, des cabanes faites de planches et de toile entre lesquelles couraient des poules et des enfants en bas âge. Le commissaire d'Entremont se sentit mal à l'aise. Il était dans un autre monde. Un monde hors de la juridiction de la police. Interroger les adultes ? Fouiller les taudis ? Il n'avait avec lui que deux sergents de ville. Et, de toute façon, il n'obtiendrait rien. Tout au plus retrouverait-on le cerclage des roues et les ferrures du fiacre. Peut-être le cuir des sièges. À moins que tout cela n'ait déjà été revendu. Il s'éloigna, suivi de Montignac et des sergents de ville. Madame de Grimonpré les attendait près de la porte de Vincennes. Elle ne s'était pas aventurée dans le fouillis de ronces et de détritus au pied des remparts.

*

D'Entremont fit pénétrer Madame de Grimonpré et Montignac dans son bureau. Une pièce assez vaste qui prenait le jour par une unique fenêtre munie de barreaux. Un bureau en bois sombre, un fauteuil, quelques chaises, une armoire. Atmosphère poussiéreuse, odeur de tabac.

— Je n'ai pas eu le temps de prendre connaissance du dossier. Au demeurant, il est entre les mains du commissaire Lebourgin et, en l'état actuel des choses, il n'est pas opportun que je le tienne au courant de la mission que m'a confiée Monsieur de Brugères. Bien… Je vais vous résumer ce que je sais, je vous prierais ensuite de me faire part des éléments nouveaux dont vous avez connaissance.

Je vous demanderais bien sûr d'être bref et d'aller directement aux faits.

D'Entremont interrogea du regard Montignac qui acquiesça.

— Bien… Voici ce que je sais. Monsieur Saunier-Langis, gérant d'une société engagée dans le financement de la construction d'immeubles, a été assassiné à son domicile. Un individu qui portait des taches de sang a été arrêté à proximité. Il n'a pas d'alibi. Tout porte à croire qu'il est l'assassin. Bien… Maintenant, je vous écoute.

Montignac prit une longue inspiration avant de se lancer.

— Mon journal m'a demandé d'écrire un article sur cet événement. C'est dans ce cadre que j'ai interrogé l'assistant du chirurgien légiste. Celui-ci m'a affirmé que Saunier-Langis était mort d'un enfoncement de la boîte crânienne. Selon ses dires, il aurait été poignardé plusieurs heures après pour faire croire à un crime crapuleux. Le rapport du chirurgien légiste a opportunément disparu du dossier.

— Comment le savez-vous ?

— L'avocat en charge de la défense d'Eugène Dulac, qui est la personne suspectée d'avoir assassiné la victime, ne l'a pas trouvé dans le dossier.

— Bien… Ensuite ?

— Ensuite, j'ai interrogé une personne qui se trouvait près de l'hôtel particulier de Saunier-Langis à une heure qui correspond à celle de sa mort telle qu'elle a été estimée par le chirurgien légiste. Il a vu en sortir trois personnes dont aucune ne correspond au signalement d'Eugène Dulac. L'une d'entre elles avait le crâne rasé et une boucle d'oreille en or.

D'Entremont prenait des notes.

— Continuez, je vous prie.

— Une jeune femme qui consacre sa vie à aider les miséreux et leur donne un toit pour la nuit affirme que Dulac était hébergé chez elle dans la nuit pendant laquelle se sont produits les événements. Je précise que Dulac est un attardé mental et que cette dame ne peut pas être soupçonnée d'être sa maîtresse. Cette personne est allée témoigner au poste de police et a été arrêtée le lendemain. Elle a été transférée à la prison de femmes de Versailles et condamnée à six mois de prison malgré les témoignages de personnes honorables en sa faveur. Madame de Grimonpré…

Montignac hésita à aller plus loin. Il interrogea Madame de Grimonpré du regard et elle lui fit signe de poursuivre.

— Madame de Grimonpré a assisté malgré elle à une conversation qui semble indiquer que cette condamnation fait suite à une intervention de Monsieur de Persigny auprès du préfet Boittelle.

D'Entremont fronça les sourcils. On ne lui avait pas dit ça.

— Je poursuis. Une épingle de cravate ayant appartenu à Saunier-Langis a été retrouvée chez un bijoutier de la rue de Belleville. J'ai rencontré ce bijoutier et je me suis étonné auprès de lui de cette coïncidence. Le soir même, j'ai assisté à une querelle entre ce bijoutier et un homme au crâne rasé portant une boucle d'oreille en or. J'ai sans doute été repéré à ce moment-là, car c'est le lendemain que j'ai échappé de justesse à un attentat. Un fiacre a tenté de m'écraser et a été accidenté. Tout porte à croire que ce soit ce fiacre que nous avons retrouvé à demi calciné ce matin au pied des fortifications.

D'Entremont hocha la tête. Il n'était pas tout à fait convaincu. Montignac ajouta :

— On ne peut pas écarter la thèse de l'accident, en ce qui me concerne. L'emballement du cheval par exemple. Mais, dans ce cas, quel intérêt avait-on à faire disparaître un fiacre ?

D'Entremont acquiesça.

— Bien… C'est tout ?

— Oui. C'est déjà pas mal, vous ne trouvez pas ?

D'Entremont prit une longue inspiration avant de s'exprimer :

— En un sens, oui. Mais c'est peu de chose pour démarrer une enquête. Bien… Je vais faire des investigations supplémentaires. Je vais interroger le chirurgien légiste. J'aimerais aussi rencontrer votre témoin oculaire. Ainsi que le bijoutier. Bien entendu, si vous avez d'autres informations, n'hésitez pas à me les communiquer.

Madame de Grimonpré et Montignac se levèrent pour prendre congé. D'Entremont ajouta à l'intention du journaliste :

— J'aimerais que vous cessiez vos investigations. Je n'ai personne de disponible pour assurer votre sécurité.

XXXV

Antonin avait-il eu raison de se lancer seul dans cette expédition ? Il était bien tard pour se poser la question, même s'il pouvait encore renoncer… Mais Antonin n'était pas le genre de gars à renoncer. Quand il avait pris une décision, il s'y tenait. Qui aurait pu l'accompagner, d'ailleurs ? Pas un gamin de sa bande. Ils étaient tous plus jeunes que lui et il se sentait un devoir de protection envers eux. Le journaliste ? Une poule mouillée. Pas sûr, d'ailleurs, qu'il ait été capable de grimper au sommet de la butte la nuit. Manquerait plus qu'il soit tombé et se soit cassé quelque chose !

Antonin avait attendu qu'il fasse suffisamment sombre pour se mettre en route. Il avait pris le même chemin que la veille avec Prosper. C'était abrupt, mais beaucoup plus court. Plus court de jour, parce que dans l'obscurité, il devait avancer avec précaution, testant du pied le sol couvert par endroits de minuscules graviers instables, essayant de deviner le tracé du sentier là où il était à peine marqué. Une fois là-haut, il chercherait l'autre chemin pour descendre dans la carrière. Pas évident. Sur le plateau, un étroit croissant de lune nimbé de nuages diffusait une maigre clarté. Il y avait plusieurs départs de sentier, il s'agissait de ne pas se tromper. L'autre jour, il avait repéré une grosse pierre plate à proximité, mais il lui fallut un certain temps avant de la retrouver.

Antonin avait mûrement préparé son expédition. Elle reposait sur la conviction que la bande se retrouvait chaque soir à la cabane. Et surtout que « le chef » les y rejoignait pour leur donner ses consignes. Parce qu'il était clair que ni le Géant ni le Balafré n'étaient le chef. Si la mort de Langis avait été la conséquence d'un cambriolage qui avait mal tourné, ou d'une querelle entre complices d'une quelconque embrouille, je ne dis pas. Mais là, on parlait d'une affaire de contrebande d'opium. Et Antonin était bien placé pour savoir que ça ne pouvait pas être le fait d'une simple bande de marlous. Ça demandait des capitaux, des complices à la douane, peut-être dans la police. Ces gars-là obéissaient aux ordres d'un chef déterminé et réagissant promptement aux menaces. Un chef qui faisait suivre Montignac et qui n'avait pas hésité à éliminer le Tondu. Viendrait-il ce soir à la cabane ? Sans aucun doute. La découverte du fiacre dans les fossés de la porte de Vincennes n'avait pas pu lui échapper !

Arrivé à proximité de la cabane, Antonin redoubla de prudence. Dans la carrière, l'obscurité était de nouveau presque complète. Il s'écarta du chemin pour aborder la cabane par l'arrière. Il était plus angoissé qu'il ne l'aurait cru. Il avait le souffle court et les battements de son cœur résonnaient dans ses tempes. Pas commode pour être attentif aux bruits autour de lui. Il y avait une fenêtre à l'arrière de la baraque, obstruée par des planches comme toutes les autres ouvertures. Les planches n'étaient pas jointives. Comme il y aurait de la lumière à l'intérieur, il pourrait voir ce qui s'y passait en collant un œil à un interstice.

Il ressentit un choc violent derrière la tête et perdit connaissance.

XXXVI

Quelle heure pouvait-il être ? Et qui pouvait lancer des graviers contre les carreaux de la fenêtre ? Des galopins que ça amusait de réveiller les honnêtes gens, sans doute. Il faisait jour. Montignac se leva de mauvaise grâce et se dirigea vers la fenêtre en traînant les pieds. À quoi bon, ils auraient décampé ! Au milieu de la rue, deux gamins regardaient dans sa direction. Il reconnut l'un d'eux. Celui qui avait pris la parole devant le commissaire d'Entremont au pied des fortifications. Montignac leur fit signe et enfila sa redingote. Il les rejoignit dans la rue.

— Bonjour M'sieur. Prosper (le gamin désignait son compagnon) a quelque chose à vous dire.

Montignac regarda Prosper.

— Antonin est retourné à la cabane hier soir. Il m'a dit de vous prévenir s'il ne revenait pas.

Qu'est-ce que c'était que cette histoire de cabane ? Et dans quel pétrin s'était fourré Antonin ?

— La cabane ? De quelle cabane parles-tu ?

— Une cabane dans la carrière, sur la butte. Je l'ai conduit avant-hier. Je connais la butte comme ma poche ! Il y a trois cabanes abandonnées. Normalement, plus personne n'y vient, mais, là, on a vu que l'une d'elles était occupée. Enfin… y avait personne, mais on a vu des traces. On est ressorti et, en s'éloignant on a vu quelqu'un qui se pointait. Un type très grand. Un vrai géant.

Montignac tressaillit. Bon sang, pourquoi Antonin ne l'avait-il pas prévenu ? Il avait certainement trouvé la planque des malandrins !

S'il n'était pas revenu, c'est qu'ils l'avaient repéré. Pourvu qu'ils ne l'aient pas déjà liquidé !

— Tu peux m'y amener ?

— Bien sûr, je suis venu pour ça !

Montignac réfléchit, puis il dit :

— On ne peut pas y aller seul, il faut du renfort. Attends-moi, je vais m'habiller. Après on ira chercher la police.

Les deux gamins échangèrent un regard. La police… Mais la vie d'Antonin était en danger. La situation était exceptionnelle. Pas question de tergiverser. Montignac allait remonter lorsque l'autre gamin le retint par la manche. Montignac le regarda avec surprise puis il comprit. Il lui restait une pièce de cent sous dans la poche. Il la lui donna. Il l'avait bien méritée.

*

D'Entremont venait tout juste d'arriver au poste de police lorsque Montignac débarqua dans son bureau avec un gamin.

— Antonin est en danger. La bande de truands l'a coincé.

— Antonin ? Qui est Antonin ? Et de quelle bande de truands parlez-vous ?

Comment lui expliquer… On n'avait pas le temps de tout reprendre à zéro.

— Antonin, c'est le gamin qui a retrouvé le fiacre. Et la bande de truands, ce sont les trois gars dont je vous ai parlé hier. Ceux qu'on a vu sortir de chez Saunier-Langis le soir du crime.

— Bien… Et pourquoi votre Antonin s'est-il fait prendre par cette bande de truands ?

— Parce qu'il a découvert là où ils se cachaient !

D'Entremont laissa éclater sa colère :

— Je vous avais interdit de poursuivre votre enquête !

— Et moi j'avais interdit à Antonin de continuer à chercher les truands !

Un petit mensonge, c'est parfois bien utile. Prosper tira Montignac par la manche. Pas de temps à perdre ! D'Entremont poussa un soupir.

— Et ils logent où, vos truands ?

— Dans une cabane… Dans les anciennes carrières de gypse des Buttes Chaumont.

D'Entremont leva les yeux au ciel. Les carrières des Buttes Chaumont ! Le seul endroit de Paris où la police ne mettait jamais les pieds. Ça n'allait pas être commode d'aller les dénicher là-bas !

— Vous savez où elle est, cette cabane ? Je veux dire, vous savez comment on peut y accéder ?

— Non, mais Prosper peut nous guider.

Prosper ! Depuis le début de cette enquête, il devait compter sur des gamins !

*

D'Entremont prit cinq sergents de ville avec lui. On n'avait pas le temps d'atteler un fourgon. On s'entassa dans trois fiacres. Arrivé au pied de la butte, il jeta un regard inquiet sur le chemin dans lequel Prosper s'engagea. La montée fut longue et pénible. Prosper, de plus en plus impatient, se retournait fréquemment pour attendre ces messieurs. Les visages des agents de la force publique étaient rouges et couverts de sueur, leur souffle haletant. Le journaliste semblait moins à la peine, mais il prenait d'infinies précautions pour ne pas risquer de tomber. Seul d'Entremont paraissait alerte.

La descente fut plus rapide, mais si le commissaire avait voulu jouer la surprise, c'était loupé. La caillasse roulait sous les pieds, on trébuchait, on jurait, on s'interpellait… Un homme de grande taille sortit de la cabane et y rentra aussitôt. Il ressortit avec un fusil Minié[38]. D'Entremont avait pris les devants. Deux de ses hommes, les plus agiles, s'étaient postés à proximité et le tenaient en joue. Le malfrat comprit qu'il ne pouvait rien contre eux. Il jeta son arme et les laissa approcher. Mais dès qu'ils furent à portée de ses poings, il les envoya rouler par terre. L'un d'eux ne se releva pas tout de suite. L'autre, plus athlétique, se mit en garde. Ses trois collègues vinrent à sa rescousse. Le combat fut bref et violent. D'Entremont crut un moment que le géant aurait le dessus et il s'apprêtait à tirer. Quand le cinquième sergent de ville se joignit à la mêlée, l'homme ne parvint plus à faire face. Un coup de crosse dans les mollets le fit tomber à la renverse. Les cinq argousins lui tombèrent dessus et parvinrent à lui passer les menottes. Il poussa un rugissement et tenta de se débarrasser d'eux d'un coup d'épaule, mais il ne réussit pas à leur faire lâcher prise. Goliath avait été vaincu, non par David, mais par une escouade de roussins.

D'Entremont contempla le géant et demanda à ses hommes :

— Vous connaissez ce citoyen ?

L'un d'eux dit :

— Lui, bien sûr ! C'est Turcarin. Plusieurs fois condamné, mais il a toujours réussi à filer.

— Je compte sur vous pour que ça ne se reproduise pas.

Montignac s'était précipité dans la cabane. Antonin gisait sur le sol, solidement entravé. On le détacha et Montignac lui donna l'accolade.

— Tu nous as fait peur !

Le commissaire l'avait suivi. Il laissa le temps à Antonin de s'étirer et de masser ses membres endoloris avant de l'interroger :

— Qu'est-ce que tu faisais ici, mon garçon ?

Antonin poussa un soupir. Lui qui s'était juré de ne jamais parler à un roussin ! Jamais il ne se serait imaginé qu'un jour il devrait la vie sauve à une intervention de la police. Parler, oui, mais par où commencer ?

— Je suis venu pour surveiller les lieux…

— Ah oui ? Et pourquoi donc ?

— J'étais venu en reconnaissance dans l'après-midi avec Prosper. (Antonin désigna le gamin qui se tenait en retrait.) J'ai découvert la baraque et j'ai vu le géant qui rôdait dans les parages. Je suis revenu parce que je savais que la bande se retrouvait ici le soir. Je voulais voir qui était le chef.

Un sergent de ville fit irruption dans la pièce.

— Monsieur ! On a trouvé des caisses dans une sorte de galerie. Je crois que c'est de l'opium.

D'Entremont hocha la tête et dit :

— Bien… Je verrai ça tout à l'heure.

Il se tourna à nouveau vers Antonin :

— Et tu l'aurais arrêté comment, le chef ?

— Je voulais juste savoir qui c'était…

— Et qui est-ce ?

— Je ne sais pas. Je me suis fait prendre avant.

— Tu as trouvé plus malin que toi. Et qui donc a capturé notre grand détective ?

— Le Balafré.

— Qui est le Balafré ?

— Le deuxième membre de la bande. Le troisième, c'est le Tondu, mais il est mort. Le Balafré l'a liquidé.

Montignac ouvrit de grands yeux. Même le commissaire parut surpris. Antonin était assez fier de lui. Peut-être ce commissaire allait-il cesser de le traiter comme un gamin ? D'Entremont soupira.

— Bien… Je vois que la police est la dernière à être tenue au courant dans cette affaire. Et dire qu'on nous accuse de nous mêler de tout. Qui sont le Tondu et le Balafré ?

— Ceux qui ont tué Monsieur Saunier-Langis. Avec le Géant, mais je ne pense pas qu'il soit le coupable.

— Et pourquoi ?

— Il a empêché le Balafré de me tuer.

— Et que sais-tu d'autre, mon garçon ? Tu n'as pas vu le chef…

— Non. Par contre, lorsque j'ai repris conscience, j'ai entendu que le Balafré parlait de la Florentine avec le Géant.

— La Florentine ?

Montignac sursauta. Il s'approcha et dit :

— La maîtresse de Langis. Elle sait sans doute quelque chose… Si le chef de la bande veut effacer tous les indices, elle est en danger.

— Bien… Et où peut-on trouver cette Florentine, Monsieur le commissaire Antonin ?

L'adolescent ignora le sarcasme et dit :

— Je peux vous guider si vous le souhaitez.

XXXVII

D'Entremont ne garda que deux sergents de ville avec lui et tout le monde s'entassa dans un fiacre. La police du Second Empire est comme la nôtre. Elle n'est pas riche. Montignac était très nerveux, il passait la tête par la fenêtre au moindre ralentissement. Lorsqu'on arriva à destination, il bondit hors du fiacre pour interroger le concierge de l'immeuble où logeait Valentina. Hélas, celle-ci avait déménagé la semaine précédente. Il revint dépité vers le commissaire. Celui-ci prit la nouvelle avec beaucoup plus de philosophie. Il proposa que l'on se retrouve au poste de police du VIe arrondissement pour faire le point et interroger Turcarin.

— On peut aller voir le militaire, il sait peut-être où elle est, proposa Antonin.

D'Entremont poussa un soupir.

— Le militaire. Et pourquoi pas le pompier ! Qui est ce militaire, monsieur je-sais-tout ?

— Hippolyte Brageot, un gars qui était en Chine avec Langis. La Florentine était restée en relation avec lui, dit Montignac.

— Je suppose que vous savez où on peut le trouver ?

La question était adressée à Montignac, mais c'est Antonin qui répondit :

— Bien sûr, c'est à côté. On peut même y aller à pied.

La petite troupe suivit Antonin qui les entraîna de l'autre côté du Boulevard de Belleville. Brageot prenait l'air en bas de chez lui. Il reconnut aussitôt Montignac :

— Ah ! Monsieur Jacques… Valentina m'a dit de vous dire qu'elle allait chez Mortemart. Elle n'avait pas l'air très rassurée.

Mortemart ! D'Entremont était aussi surpris que Montignac, mais pas pour les mêmes raisons. Antonin, un peu moins. Il avait eu le temps de réfléchir depuis la veille.

— Monsieur de Mortemart est une personnalité connue. Je ne peux pas intervenir chez lui sans en référer à Monsieur de Brugères, dit d'Entremont.

Montignac montrait les signes de la plus grande inquiétude.

— La Florentine est en danger. Si vous ne venez pas, j'irai seul !

— Je vous l'interdis !

Les deux hommes se mesurèrent du regard pendant quelques secondes. D'Entremont comprit qu'il ne pourrait pas empêcher Montignac d'aller chez Mortemart. Au nom de quoi, d'ailleurs ?

— Bien… Mais vous me laisserez parler. C'est moi qui interrogerai Monsieur de Mortemart.

*

Le majordome les reçut avec dédain.

— Monsieur de Mortemart ne reçoit personne à cette heure.

D'Entremont s'apprêtait à battre en retraite lorsqu'Antonin surgit, bouscula le majordome et se précipita dans l'escalier.

— Jeune homme, je vous interdis !

Il était trop tard, Montignac avait suivi Antonin. La porte du salon était fermée, Antonin l'ouvrit en grand. Mortemart menaçait la Florentine avec un pistolet et le Balafré observait la scène avec détachement. La Florentine se précipita dans les bras de Montignac dès qu'elle le vit :

— Jacques ! Je savais que vous viendriez me sauver !

Mortemart avait marqué un temps de surprise. Il tourna son arme vers Montignac. C'est alors que D'Entremont surgit, essoufflé, dans la pièce, suivi des deux sergents de ville.

— Que personne ne bouge !

Mortemart hésita un court instant puis il baissa son arme. Il toisa le commissaire avec mépris et dit :

— Votre irruption à mon domicile est illégale. Vous ignorez à qui vous avez affaire. J'ai des amis très haut placés. Je vous ferai casser.

— Vous expliquerez à vos amis pourquoi vous menaciez cette jeune femme avec une arme.

XXXVIII

D'Entremont avait réparti les protagonistes entre différentes pièces. Antonin le prit à part :

— M'sieur ! C'est Mortemart, le chef de la bande !

Le commissaire le toisa avec agacement :

— Et comment sais-tu cela, puisque tu ne l'as pas vu ?

— C'est à cause des traces sur ses bottines.

— Des traces sur ses bottines ? Quelles bottines ?

— Le lendemain du jour où on a trouvé le corps de Langis, il avait les mêmes traces que vous sur ses bottines.

Antonin désignait les chaussures couvertes de poudre blanche du commissaire.

— Bien… Écoute, mon garçon, tu as eu une nuit éprouvante, tu vas rentrer chez toi.

Antonin jeta un regard noir au commissaire. C'était lui qui avait débrouillé toute l'affaire, et on le renvoyait chez lui ? Et où, d'ailleurs ? Dans l'unique pièce qu'il partageait avec sa mère, son frère et sa sœur ? D'Entremont lui avait tourné le dos. Il pénétra dans son bureau avec Montignac et s'assit sur son fauteuil. La Florentine lui faisait face. Montignac prit place sur une chaise adossée au mur.

— Bien… Madame… Bernuschi, c'est cela ? (La Florentine acquiesça.) Je suppose que vous avez beaucoup de choses à nous raconter.

La Florentine se tourna vers Montignac :

— Je ne vous ai pas tout dit, Jacques. Mais, vous aussi, vous m'aviez caché la vérité !

Elle agita le doigt comme on le fait pour réprimander un enfant. D'Entremont toussota. C'est bon, les amoureux… La Florentine retrouva son sérieux. Elle se tourna à nouveau vers lui :

— J'étais la maîtresse de Monsieur Saunier-Langis. J'ignorais quelles étaient ses activités en dehors de celles liées à sa société. Je ne cherchais pas à savoir. François-Marie était généreux avec moi. Je le voyais deux fois par semaine. Parfois, il se décommandait et je devais l'accepter sans lui poser de questions.

Un temps de pause.

— Un soir, le coursier qu'il m'avait envoyé est arrivé trop tard et je suis venue quand même. J'ai vu qu'il recevait Monsieur de Mortemart. J'avais déjà rencontré Monsieur de Mortemart dans des réceptions, mais j'ignorais qu'il était en affaires avec Saunier-Langis. Par la suite, j'ai pu constater qu'ils se voyaient régulièrement.

Nouvelle pause.

— Lorsque Saunier-Langis est mort, je me suis trouvée dépourvue de tout. C'est à ce moment-là que j'ai rencontré Jacques. (Elle désigna Montignac d'un signe de tête.) Deux jours après, j'ai reçu un message de Monsieur de Mortemart me disant que j'étais menacée par un dénommé Montignac. J'ignorais qu'il s'agissait de Jacques. J'ai pris peur et j'ai déménagé. J'étais certaine que Jacques parviendrait à me retrouver. Ce matin, j'ai reçu un nouveau message de Monsieur de Mortemart qui m'enjoignait de venir le retrouver chez lui. C'est à ce moment-là que j'ai commencé à avoir des soupçons… Je suis passée voir Hippolyte Brageot pour lui dire de contacter Jacques. Malheureusement, il n'avait aucune idée de l'endroit où on pouvait le joindre. Ça m'a beaucoup inquiétée, mais je ne pouvais pas refuser de me rendre chez Mortemart. C'est là que vous m'avez trouvée. Il me menaçait. Je crois qu'il n'aurait pas hésité à me tuer si vous n'étiez pas arrivés à temps.

*

Une fois la Florentine sortie, d'Entremont alla chercher Mortemart. Dans le couloir, il ouvrit une porte et laissa Mortemart jeter un œil à l'intérieur d'un local sans fenêtre dans lequel attendait Turcarin, les avant-bras posés sur les genoux. Celui-ci leva la tête et vit Mortemart. D'Entremont referma la porte aussitôt.

Une fois dans son bureau, le commissaire prit le temps d'observer Mortemart. Celui-ci avait perdu de sa superbe.

— Je vous prie d'excuser la désinvolture avec laquelle nous nous sommes présentés devant vous ce matin sans avoir été annoncés… Nous étions à la recherche de Madame Bernuschi et on nous avait assuré qu'elle était chez vous.

Mortemart ne réagit pas. Il était sur ses gardes.

— Pourriez-vous nous dire, Monsieur de Mortemart, quel était le sujet de votre entretien avec Madame Bernuschi ?

Mortemart prit un peu de temps avant de répondre.

— Madame Bernuschi me réclamait de l'argent.

— Tiens donc. Pour quelle raison ?

— Je n'ai pas très bien compris pourquoi. C'était confus. Vous l'ignorez peut-être, mais Madame Bernuschi était la maîtresse de ce financier qui est mort assassiné par un débile mental. Saunier-Langis. Il l'a laissée sans ressources et elle a dû penser que je viendrais à son secours.

— Et au lieu de cela, vous l'avez menacée avec un pistolet.

— Je me suis emporté… Et le pistolet n'était pas chargé. Ou, s'il l'était, c'était à mon insu.

— Et quelle était la troisième personne qui se trouvait dans votre bureau ?

— Un complice de Madame Bernuschi.

— Il n'avait pourtant pas l'air de venir à son secours lorsque vous l'avez menacée.

Mortemart s'agita sur sa chaise. Il avait conscience de s'enfoncer.

— Vous n'avez pas assisté au début de la conversation, vous ne pouvez pas comprendre.

— Il me semble pourtant que nous sommes arrivés à temps pour éviter un drame.

D'Entremont se tut un temps avant de reprendre :

— Madame Bernuschi, que nous avons interrogée, nous dit que vous étiez en affaires avec Monsieur de Saunier-Langis.

— C'est faux ! Elle ment !

D'Entremont hocha la tête d'un air dubitatif. Mortemart s'anima :

— Écoutez… Madame Bernuschi est une cocotte. Moi, je suis une personne respectable. Beaucoup de personnes peuvent en témoigner. Sa parole n'a aucune valeur contre la mienne !

— Tout à l'heure, dans le couloir, j'ai ouvert une porte par mégarde. Il m'a semblé que vous connaissiez la personne qui se trouvait à l'intérieur de la pièce.

La question du commissaire prit Mortemart au dépourvu. Que savait-il au juste ? D'Entremont ajouta :

— Vous l'avez certainement rencontré lors de vos promenades nocturnes dans les anciennes carrières de gypse.

Mortemart pâlit.

— Cet homme voulait me faire chanter.

— Lui aussi, tiens donc… À quel sujet ?

— En réalité, c'est Monsieur de Coursigny qu'il voulait faire chanter. Il prétendait être en possession de documents compromettants. Monsieur de Coursigny m'avait chargé de régler l'affaire avec lui.

— Bien… Je vais recouper tout ça.

*

Lorsque Mortemart fut sorti de son bureau, d'Entremont fit le point :

— Nous avons trois suspects. Je ne compte pas Madame Bernuschi qui joue un rôle très subalterne. Je ne crois pas qu'elle ait pu ignorer entièrement les activités de son amant, mais cela n'implique pas qu'elle soit mêlée aux événements qui ont conduit à la mort de Monsieur Langis.

Montignac acquiesça d'un signe de tête. Du moment qu'on laissait Valentina en dehors de tout ça…

— Le premier est Turcarin, qui est impliqué dans un trafic d'opium. C'est suffisant pour le faire tomber. La loi de 1845[39] condamne le détournement des substances vénéneuses à des fins autres que pharmaceutiques. Ensuite nous avons celui que vous appelez le Balafré et dont le jeune Antonin dit qu'il a liquidé un troisième comparse, comparse qui pourrait être celui que vous avez vu parler avec le bijoutier. Ces trois quidams correspondent au signalement des personnes qu'un vagabond a vu sortir de l'hôtel particulier de Langis le soir du meurtre. À ces deux hommes s'ajoute Monsieur de Mortemart, qui menaçait Madame Bernuschi avec un pistolet lorsque nous sommes intervenus.

D'Entremont tournait et retournait derrière son bureau. Il reprit :

— À l'évidence, Mortemart connaît Turcarin et le Balafré et j'ai tendance à croire Madame Bernuschi lorsqu'elle dit qu'il était en affaires avec Langis. Mais pour le moment, il nous manque le fil conducteur. Les éléments que nous avons ne nous permettraient pas de faire condamner Mortemart. Il a raison lorsqu'il dit que c'est sa parole contre celle d'une cocotte… Je vais interroger Turcarin.

— Vous pensez qu'il parlera ?

— Peut-être. Maintenant, entre ces trois lascars, c'est chacun pour soi. Mais s'il ne nous apprend rien de neuf, nous serons obligés de relâcher Mortemart.

XXXIX

Turcarin s'était calmé. Il regardait le commissaire avec un certain détachement. Peut-être pensait-il qu'il trouverait une fois de plus le moyen de s'échapper. D'Entremont entama l'interrogatoire sur un ton très courtois, presque indifférent :

— Tout à l'heure, j'ai ouvert par inadvertance la porte de la pièce dans laquelle vous vous trouviez. Vous connaissez l'homme qui m'accompagnait ?

Turcarin émit un petit rire nasal.

— Oui. Capitaine Cointet, État-major du corps expéditionnaire français en Chine.

Montignac sursauta. D'Entremont, en commissaire avisé, ne montra pas la moindre surprise.

— Dans quelles circonstances avez-vous rencontré le capitaine Cointet ?

D'Entremont s'était calé contre le dossier de son fauteuil. Il avait gardé le même ton indifférent. À la surprise de Montignac, Turcarin ne se fit pas prier pour répondre.

— En Chine. Je faisais partie du corps expéditionnaire. J'avais tiré un mauvais numéro[40]. Langis en faisait partie aussi, mais lui, il s'était engagé. Je n'ai jamais compris pourquoi. C'était quelqu'un qui avait de l'instruction et qui parlait anglais. Je suppose qu'il avait fait des bêtises et qu'il s'était engagé pour qu'on passe l'éponge. Vous permettez ?

Turcarin avait sorti une blague à tabac. D'Entremont acquiesça d'un signe de tête. Turcarin inspira une prise avant de reprendre :

— Cointet a remarqué les talents de Langis et lui a confié quelques missions spéciales. Après ça, il l'a fait réformer. Là aussi, mystère, on n'a pas compris pourquoi. Enfin, pas tout de suite. On a commencé à se douter de quelque chose quand on a vu que Langis menait la grande vie, avec des domestiques chinois et des petites Chinoises à son service. Cointet aussi a commencé à dépenser sans compter. Réceptions, parties de poker, maîtresses…

Nouvelle prise de tabac, puis :

— Je m'entendais bien avec Langis. Il m'a proposé de l'aider. C'est à ce moment-là que j'ai tout compris. Il avait monté un trafic d'opium au nez et à la barbe des Anglais[41]. Cointet était dans la combine et lui signait toutes les autorisations dont il avait besoin pour se déplacer et pour transporter sa marchandise.

Turcarin avait étiré ses longues jambes et faisait craquer les jointures de ses doigts. On aurait dit qu'il racontait une aventure qui lui était arrivée à un cercle d'amis.

— Cointet est rentré en France en 59. Moi je suis revenu avec le corps expéditionnaire. Langis est resté, mais il a fini par se faire repérer par les Anglais et il a été expulsé. À son retour, il est allé voir Cointet, qui était devenu Monsieur « De » Mortemart entre-temps. Il lui a proposé de monter un trafic de contrebande. Grâce aux contacts qu'il avait gardés là-bas, il pouvait se procurer de l'opium de bien meilleure qualité que ce qu'on trouve chez les pharmaciens. Cointet a accepté. Ils ont monté la société de Langis pour couvrir leurs activités. Cointet a apporté la caution et les capitaux de Coursigny pour démarrer. Ensuite, ils ont attiré des petits porteurs en faisant de la réclame dans les journaux. Ça a tout de suite marché. La compagnie permettait de recycler les bénéfices de la vente d'opium. La vente de titres à des petits porteurs, ça ne laisse pas de traces. C'est d'ailleurs comme ça que Cointet se faisait rémunérer. Avec des titres gratuits. Moi, je m'occupais de récupérer la marchandise au Havre et de la convoyer jusqu'à Paris. C'est moi qui ai pris le

Tondu et Bragançon à mon service. On stockait l'opium dans les galeries des carrières désaffectées.

D'Entremont écoutait attentivement et prenait des notes. Turcarin attendit qu'il ait terminé avant de reprendre :

— Il y a eu un problème avec une livraison dont une partie a été perdue en mer. Cointet et Langis n'étaient pas d'accord sur qui devait payer. Cointet m'a envoyé régler ça avec Langis. J'y suis allé avec le Tondu et Bragançon. Le ton a monté et Langis a sorti un pistolet pour nous menacer. Le Tondu a voulu le frapper avec sa canne. Langis a perdu l'équilibre et il s'est fracassé le crâne sur le plateau en marbre d'un buffet. On a pris peur et on est parti en laissant le corps.

Le visage de Turcarin ne montrait aucune émotion. La mort de Langis lui était tout à fait indifférente.

— Le lendemain matin, le Tondu a proposé qu'on maquille l'accident en crime crapuleux. Il connaissait un type un peu attardé qui pouvait passer pour le criminel. Un gars qui était incapable de parler et qui ne pourrait pas se défendre. On a coincé le gars, on l'a aspergé avec le sang d'un chien errant et pendant ce temps-là le Tondu s'est introduit dans la maison de Langis pour poignarder son corps.

Montignac écoutait la confession de Turcarin, les yeux écarquillés. Sa désinvolture le laissait pantois.

— On a envoyé un mot à Cointet pour le prévenir. Il a rappliqué à la cabane le soir même pour nous passer un savon. Et puis il nous a dit de nous tenir tranquilles et qu'il s'occupait de faire classer l'affaire.

Turcarin fit une pause dans son récit. D'Entremont attendit patiemment la suite.

— Ça s'est gâté parce que le Tondu avait récupéré des objets de valeur chez Langis et qu'il voulait les écouler. Il s'est fait repérer par Monsieur. (Turcarin désigna Montignac d'un coup de menton.) Ce que Monsieur ne savait pas, c'est que Cointet le faisait suivre par un détective. Quand il a compris que le Tondu était grillé, Cointet a exigé qu'on l'élimine.

Cette fois Turcarin baissa la tête. Pour la première fois, son visage exprimait quelque chose. Il dit sur un ton ferme :

— Je ne suis pas un assassin. J'ai dit à Cointet que c'était hors de question. Alors il a fait affaire avec Bragançon.

Petite pause, puis Turcarin dit en regardant Montignac :

— Cointet a aussi voulu liquider Monsieur. Mais Bragançon a manqué son coup. Il a déglingué un fiacre qu'il a abandonné dans une rue déserte. J'ai compris que si je ne m'en mêlais pas, on allait tous se faire pincer, moi le premier. Je me suis occupé de faire disparaître le fiacre. Manifestement, le travail a été mal fait et le fiacre a été découvert. Cointet a pris peur. Hier soir il a débarqué une nouvelle fois à la cabane. Il était furieux. Bragançon s'est pointé un peu après avec le corps d'un gamin sur son dos. J'ai pensé un moment qu'il l'avait tué, mais il attendait les ordres de Cointet. Cointet est parti sans nous donner de consigne. Il a dit à Bragançon de venir chez lui le lendemain matin. Je n'en sais pas plus. Je me suis contenté de garder un œil sur le gamin. Mais je ne l'aurais pas tué, même si Cointet l'avait décidé.

Il se tut. Il avait tout dit. On n'en tirerait rien de plus.

XL

Montignac n'en revenait pas. Pourquoi Turcarin avait-il tout déballé avec une telle facilité ?

— Je ne suis pas étonné, dit d'Entremont. Rappelez-vous ce que je vous ai dit tout à l'heure : s'il n'y avait pas d'élément nouveau, ce serait la parole de Mortemart contre celles d'une cocotte et d'un malfrat. Il fallait qu'il frappe fort pour faire tomber Mortemart. Or il savait que Mortemart était intouchable alors que personne ne viendrait au secours de Cointet. Mais, pour abattre Cointet, il fallait qu'il nous dise tout, pour que nous n'ayons aucun doute sur son récit.

— Qu'allez-vous faire, maintenant ?

— Interroger le Balafré. Je pense qu'il confirmera ce qu'a dit Turcarin.

On fit entrer Bragançon, dit le Balafré. Il confirma le récit de la mort accidentelle de Langis et la visite de Mortemart le premier soir. C'est alors qu'on entendit du bruit et des éclats de voix dans le couloir. La porte s'ouvrit brusquement, laissant tout juste assez de place pour l'homme qui voulait entrer. Carrure avantageuse, ventre proéminent, épais favoris, sourcils broussailleux, canne à pommeau d'argent et chevalière en or, le commissaire Lebourgin paraissait de fort mauvaise humeur. La présence de Bragançon le contraignit à garder une certaine réserve. Lorsqu'on eut fait sortir le Balafré, il laissa éclater sa colère :

— Qui vous a autorisé à intervenir sur mon territoire ? Et pourquoi retenez-vous Monsieur de Mortemart ?

D'Entremont lui répondit avec courtoisie :

— J'ai eu une conversation fort intéressante avec des personnes qui m'ont raconté en détail ce qui s'est passé dans la nuit où Monsieur de Saunier-Langis est décédé après avoir malencontreusement heurté le plateau en marbre d'un buffet. La première de ces personnes est Monsieur Turcarin, dit le Géant, qui a confirmé les faits. Il se trouve que Monsieur Turcarin a bien connu Monsieur de Mortemart à l'époque où celui-ci servait notre pays sous le nom de Capitaine Cointet. La deuxième est Monsieur Bragançon, surnommé le Balafré, que nous avons arrêté ce matin alors qu'il faisait une visite de courtoisie à Monsieur de Mortemart.

Lebourgin s'était figé. Il fronçait les sourcils, la preuve, chez un homme de sa complexion, qu'il était en train de réfléchir.

— Que faisait-il chez Monsieur de Mortemart ?

— Ils devisaient. Il s'agissait de décider du sort de Madame Valentina Bernuschi, que Monsieur de Mortemart tenait en respect avec un pistolet. Un sort peu enviable, si j'en crois par l'expression de terreur qui se peignait sur le visage de cette dame.

Lebourgin jeta un regard autour de lui. Un siège. Il lui fallait un siège. Était-ce l'effet de l'effort intense de réflexion auquel il s'était livré ou du verre d'eau-de-vie qu'il avait avalé avant de venir rencontrer le commissaire d'Entremont ? Montignac se leva et lui offrit de prendre sa place. D'Entremont demanda :

— En quoi la présence de Monsieur de Mortemart vous intéresse-t-elle, cher collègue ?

Le ton de d'Entremont avait changé du tout au tout. Il était beaucoup plus sec. Lebourgin ouvrit la bouche, mais aucun son n'en sortit. Il dut s'éclaircir la voix avant de répondre :

— Monsieur de Mortemart m'a été recommandé par le préfet Boittelle. Je devais le tenir au courant de l'avancement de l'enquête. Monsieur de Mortemart prétendait agir au nom de Monsieur de Coursigny.

— Et donc, vous avez tenu Monsieur de Mortemart au courant de la déposition de Mademoiselle Florine Dumoulin.

Lebourgin baissa les yeux et dit d'une voix faible :

— Oui.

— Vous avez continué de le tenir informé par la suite ?

— Non… Pas après que la demoiselle a été jugée et condamnée.

D'Entremont le regardait fixement. Lebourgin dut ressentir le profond malaise que les prévenus éprouvaient lors d'un interrogatoire serré dans les locaux de la police. Il crut bon d'ajouter :

— Il souhaitait que je continue de l'informer, mais je lui ai dit que l'enquête était terminée. Je lui ai conseillé de s'adresser à une agence privée, Informations et Enquêtes. Un collègue qui a monté sa propre compagnie d'investigations.

— Je vous remercie, cher collègue. Je vous propose que nous unissions nos efforts pour débrouiller cette affaire.

Lebourgin poussa un soupir de soulagement et adressa un sourire niais au commissaire d'Entremont.

*

Lebourgin avait prétexté une enquête en cours pour laisser son collègue poursuivre seul ses investigations. D'Entremont le laissa partir avec un sourire amusé. Puis il se tourna vers Montignac et demanda :

— Qu'en pensez-vous ?

Celui-ci ne savait que penser. Le témoignage de Turcarin suffirait-il pour faire tomber Mortemart ? D'Entremont n'attendit pas sa réponse.

— Je crois que nous tenons le bon bout. Les témoignages de Turcarin et de Bragançon concordent. Il me reste à interroger le chirurgien légiste et à vérifier auprès du ministère de la Guerre que Mortemart a bien participé à l'expédition en Chine sous le nom de capitaine Cointet et qu'il est personnellement intervenu pour faire réformer Langis.

— Vous n'avez pas interrogé Bragançon au sujet du meurtre du Tondu.

— Non… De toute façon, Turcarin et lui écoperont de dix ans de bagne au minimum. Je garde ça en réserve, au cas où il voudrait revenir sur sa déposition.

— Et Mortemart, vous pensez qu'il va avouer? Personne n'a intérêt à le voir tomber. Et surtout pas Monsieur de Coursigny!

— Je pense que Monsieur de Coursigny ne verra pas d'inconvénient à ce que le capitaine Cointet soit condamné pourvu qu'on n'évoque pas le nom de Mortemart. Il se débrouillera pour expliquer qu'il l'a envoyé en mission quelque part.

D'Entremont s'était planté devant Montignac.

— Je compte, bien sûr, sur votre discrétion.

Montignac hocha la tête en signe d'acquiescement. Puis il demanda:

— Que comptez-vous faire pour Eugène Dulac et Florine Dumoulin?

— Dulac sera libéré dans les prochains jours, il n'y a plus aucune charge contre lui. Pour ce qui est de Mademoiselle Dumoulin, c'est plus compliqué, mais je vais faire en sorte que Monsieur Boudet demande sa grâce à l'empereur. Je m'arrangerai pour qu'elle soit mise en liberté provisoire en attendant.

*

En quittant le poste de police, Montignac tomba sur la Florentine. D'Entremont l'avait oubliée et ses hommes ne l'avaient pas laissé partir. Montignac offrit galamment de la raccompagner.

XLI

Jacques Montignac était en proie à ce qu'il est convenu d'appeler – pardonnez-moi le cliché – un cruel dilemme. Un dilemme qui se résumait à une simple question : Valentina ou Madame de Grimonpré ? Ou, si vous préférez, Madame de Grimonpré ou Valentina, mais, même inversée, la question le plongeait dans le même abîme de perplexité. (Encore un cliché, mais doit-on se plier à la dictature des puristes qui voudraient bannir l'usage d'expressions tellement commodes ?) D'un côté, l'extrême sensualité d'une femme, Valentina, qui avait le tempérament d'une grande amoureuse. De l'autre, le raffinement, la distinction et la sensibilité de Madame Grimonpré qui possédait, en outre, de nombreuses relations. Il pouvait, bien sûr, tenter de jouer sur les deux tableaux, mais combien de temps ? Ne risquait-il pas de tout perdre ?

— M'sieur ?

Montignac sursauta. Antonin était à la porte de son bureau. Le bureau qu'il occupait au siège de *L'Univers*[42] où il venait d'être embauché. Il ne l'avait pas entendu arriver.

— Comment es-tu venu jusqu'ici ? On t'a laissé entrer ?

Comme si Antonin avait besoin de la permission de quelqu'un pour aller là où il voulait se rendre.

— Qu'est-ce que tu attends de moi ?

Antonin ne répondit pas. Il fit un pas en avant et déposa devant Montignac un paquet enveloppé dans du papier journal. Montignac l'ouvrit. Il contenait une volumineuse liasse de titres.

— Où as-tu déniché ça ?

— Je suis retourné chez Mortemart cette nuit.

— Quoi ! Mais tu sais que c'est parfaitement illégal !

— Et ce que faisait Mortemart, c'était légal ?

— Je n'arrive pas à y croire. Tu as raflé tous les titres de Mortemart ?

— Non, j'en ai laissé pour Catherine et pour Gustave.

— Qui sont Catherine et Gustave ?

— Catherine est la cuisinière de Mortemart et Gustave son valet de chambre.

Montignac replia précipitamment le journal sur les titres. Au cas où quelqu'un d'autre pénétrerait dans son bureau.

— La police va les chercher, ces titres. Ce sont des pièces à conviction.

— J'ai brûlé des papiers journaux dans la cheminée et j'ai laissé sur les cendres quelques titres à demi-calcinés. On croira que Mortemart a cherché à les faire disparaître.

Montignac ouvrit de grands yeux. Antonin lui avait dit ça en toute franchise, comme si c'était quelque chose de tout à fait banal. Antonin ajouta :

— Mortemart n'a pas intérêt à en parler puisque c'était comme ça qu'il se faisait rétribuer par Langis.

— Et que comptes-tu faire de ces titres ?

— J'ai pensé que ça pouvait être utile à Florine. Elle a toujours rêvé d'ouvrir un orphelinat.

— Tu crois vraiment que Florine va accepter de l'argent acquis de façon malhonnête ?

— On n'est pas obligé de lui dire d'où vient l'argent…

— Ah oui ? Et que proposes-tu ?

— Quelqu'un d'honnête pourrait endosser les titres et lui faire un don… Ou quelque chose comme ça. Je ne sais pas, moi, je n'y connais rien en finances. Je sais juste que ça sert à gagner de l'argent sur le dos des pauvres et à se l'échanger entre riches.

Montignac rit.

— Alors comme ça, non seulement tu donnes dans la cambriole, mais tu es aussi révolutionnaire ?

Antonin haussa les épaules d'un air agacé.

— Je suis sérieux. Je pensais que vous pourriez m'aider à trouver une solution.

Montignac réfléchit un instant puis il se leva.

— Viens avec moi.

— Où ?

— Chez Madame de Grimonpré.

Antonin se raidit.

— Je préférerais qu'elle soit tenue à l'écart de tout ça.

Montignac se planta devant lui, les poings sur les hanches :

— Pourquoi ? Tu ne veux pas qu'elle soit au courant de tes talents de monte-en-l'air ? Tu veux qu'elle garde de toi l'image de l'enfant dévoué à sa maman et à ses frères et sœurs ?

Antonin se braqua :

— Rendez-moi mes titres. Je vais me débrouiller autrement.

— Allez… Ne fais pas ta mauvaise tête. Madame de Grimonpré est la seule personne que je connaisse qui puisse endosser les titres. Elle dira que ça lui vient de son mari. Et je suis sûre qu'elle acceptera si elle sait que c'est pour Florine.

Après avoir hésité, Antonin suivit Montignac de mauvaise grâce. Une fois dans la rue, celui-ci lui demanda :

— Tu ne gardes rien pour toi ?

Antonin secoua la tête.

— Tu pourrais soigner ta maman et nourrir ton frère et ta sœur. Et puis apprendre un métier. Il y a bien un métier que tu aimerais faire ?

Montignac héla un fiacre. Antonin s'installa à côté de lui sur la banquette. C'était son tour d'être plongé dans la perplexité. Montignac, quant à lui, avait tranché. Ce serait Madame de Grimonpré. Il n'avait guère les moyens d'entretenir la Florentine.

Le fiacre resta un temps immobilisé au carrefour. Au-dehors, un vendeur à la criée de la bande d'Antonin tenait à bout de bras un exemplaire du *Petit Journal*.

— Spectaculaire faillite à la Bourse. L'agent de change Théophraste Ricordet s'est suicidé !

Épilogue

Théophraste Ricordet fut enterré civilement. Le suicide est un péché suffisamment grave pour qu'on refuse à celui qui le commet le réconfort d'une cérémonie religieuse. Mais Ricordet était un agent de change reconnu et estimé. Qu'il ait mis fin à ses jours plutôt que de subir le déshonneur d'une faillite était estimable. On connaît des personnes qui continuent de vivre comme si de rien n'était après une telle infamie. Aussi le Tout-Paris de la finance et de la politique défila-t-il pour présenter ses condoléances à Madame Ricordet au cimetière du Montparnasse. Robe noire, chapeau noir avec voilette, elle tendait une main que l'on baisait respectueusement. Fould, Haussmann, Coursigny, Archambaud, des familiers de la famille Harlay de Méricourt, et beaucoup d'autres, seuls ou avec leur épouse. Madame de Grimonpré dit quelques mots de réconfort à Clotilde Ricordet. Elle repartit au bras de Monsieur de Brugères. Montignac la regarda s'éloigner avec fatalisme. Il savait bien qu'il n'avait aucune chance face à de Brugères.

Montignac était le dernier de la file. Lorsque son tour fut arrivé, il fit un signe de tête à Madame Harlay qui se tenait légèrement en retrait, puis il prit la main de Madame Ricordet pour l'effleurer de ses lèvres. Lorsqu'il voulut retirer la sienne, elle la retint.

— Je suis heureuse que vous soyez venu, M. Montignac.

— Je tenais à vous présenter mes plus sincères condoléances, même si je sais que c'est pour vous un soulagement.

Il avait prononcé la deuxième partie de la phrase à mi-voix.

— J'ai lu avec intérêt l'article que vous avez écrit sur les circonstances de la mort de Monsieur Saunier-Langis. Je vous suis reconnaissante de l'enquête approfondie que vous avez menée.

— Je n'ai fait que mon travail.

— Votre article m'a dessillé. J'ai traversé une période difficile au cours de laquelle j'ai cru perdre la raison. Votre enquête m'a permis de voir clair en moi.

— J'en suis très heureux. J'étais très peiné de voir combien vous souffriez.

Clotilde lui sourit. Elle ajouta en baissant la voix :

— Peut-être pourriez-vous passer me voir un soir chez moi ?

Une soudaine vague de chaleur envahit le visage de Montignac. Il s'inclina et dit :

— Ce sera avec grand plaisir.

Il fit demi-tour et s'éloigna pendant que les fossoyeurs se mettaient à l'ouvrage.

Une pièce dans la pénombre. Une jeune femme en robe d'organdi. Son visage est éclairé par une veilleuse. Elle porte des boucles d'oreilles et un pendentif orné d'un saphir. Sa bouche est fraîche et ses seins pointent au travers du tissu léger. Le cœur de Montignac s'emballe…

Notes de fin

1 La Courtille était un quartier de Belleville situé entre la colline de Belleville et l'ancienne barrière d'octroi (au croisement du boulevard de Belleville et de la rue de Belleville).

2 Il s'agit probablement du traiteur Potel et Chabot, fondé en 1820.

3 C'était le nom donné à la trisomie 21 au XIXe siècle.

4 Orphelinat fondé en 1836 par les sœurs de Saint-Vincent de Paul et qui englobe l'actuel Pavillon Carré de Baudouin.

5 La rue de Puebla a été rebaptisée par la suite avenue Simon Bolivar dans sa partie nord et rue des Pyrénées dans sa partie sud. Son percement a été décidé en 1862 dans le cadre des grands travaux haussmanniens. L'objectif était de créer un nouveau pôle urbain autour du parc des Buttes-Chaumont en cours d'aménagement. Les buttes Chaumont étaient, jusqu'alors, occupées par des carrières de gypse.

6 Le Petit Journal a été créé en 1863 par Moïse Polydrore Millaud. C'est un journal à un sou, au lieu de trois pour ses concurrents, qui fait une large place aux faits divers, aux feuilletons et à la publicité. Il va rapidement devenir le plus gros tirage de la presse française.

7 Les quartiers compris entre le mur des Fermiers généraux et les fortifications dites « de Thiers » ont été rattachés à Paris en 1860, ce qui a porté de douze à vingt le nombre d'arrondissements de la capitale. Le mur des Fermiers généraux ainsi que les barrières d'octroi qui le jalonnaient ont été détruits au début de l'année 1861.

8 La rue d'Hautpoul se prolongeait autrefois plus au sud du parc des Buttes Chaumont.

9 Magasin spécialisé dans les tissus destinés aux vêtements de deuil ainsi que dans la confection de ces vêtements.

10 La prison Saint-Lazare est un hôpital-prison dans lequel sont enfermées, dans des conditions d'hygiène et de promiscuité déplorables, les femmes soupçonnées de s'adonner clandestinement à la prostitution ou d'être porteuses des germes d'une maladie vénérienne.

11 Moïse Polydore Millaud (1813-1871) est un homme d'affaires qui fit fortune dans l'immobilier. Il est considéré comme étant l'inventeur de la presse populaire.

12 Le suffrage, sous le second empire, est censitaire.

13 Journal conservateur.

14 Préfet de police du département de la Seine de 1858 à 1866.

15 Le boulevard du Temple est resté à la postérité sous le nom de Boulevard du Crime. Il était bordé par un grand nombre de théâtres dans lesquels se jouaient des pièces mettant en scène des histoires sordides. Les comédiennes qui jouaient dans ces théâtres complétaient leur maigre cachet grâce à la munificence de protecteurs.

16 Le parti ultramontain, proche de l'impératrice Eugénie, s'est opposé au soutien apporté par l'empereur aux partisans de l'unité italienne, craignant, à juste titre, que ceux-ci s'en prennent à l'indépendance des États pontificaux. Pour éviter de perdre le soutien des catholiques, l'empereur a dû faire volte-face et prendre le parti du pape contre les hommes de Garibaldi qui marchaient sur Rome.

17 Achille Fould, ministre des Finances de 1861 à 1867.

18 Edouard Drouyn de Lhuys, ministre des Affaires étrangères de 1852 à 1855 et de 1862 à 1866.

19 Victor Emmanuel, duc de Savoie et roi de Sardaigne, est l'artisan de l'unité italienne. Il a été proclamé roi d'Italie en 1861.

20 Jules Ferry écrira un peu plus tard une lettre aux membres du corps législatif intitulée *Les Comptes Fantastiques de Monsieur Haussmann*. Ce titre fait référence à l'opéra *Les Contes d'Hoffmann* d'Offenbach.

21 Lois instituant l'école primaire laïque et obligatoire pour tous les enfants, filles et garçons, entre six et treize ans.

22 Victor de Persigny est le prédécesseur de Paul Boudet au ministère de l'Intérieur.

23 Général prussien, théoricien de l'art de la guerre.

24 Le Crédit Lyonnais a été créé le 6 juillet 1863 par Henri Germain.

25 Le 15 mai 1863, le Salon des Refusés a ouvert ses portes en marge du Salon officiel.

26 Il s'agit probablement du tableau intitulé *Olympia*.

27 Charrette est un personnage éminent des guerres de Vendée.

28 Le théâtre des Folies-Dramatiques, initialement situé sur le Boulevard du Crime, a déménagé rue de Bondy en 1862. La rue de Bondy est l'actuelle rue René Boulanger.

29 Dans *Splendeurs et Misères des Courtisanes*, Madame Val-Noble, dont l'amant est décédé, enrage d'être « à pied » alors que ses amies vont en calèche.

30 Émile Gaboriau est un auteur du milieu du XIXe siècle. Il est considéré comme étant l'inventeur du roman policier. En 1863, il a déjà écrit *La Marquise de Brinvilliers* et *Les Petites Ouvrières*. Montignac les a probablement lus ou en a entendu parler. Gaboriau publiera *L'Affaire Lerouge*, son roman le plus connu, en 1866.

31 L'Académie impériale de musique de la rue Le Peletier est la salle de spectacle consacrée à l'opéra sous le Second Empire. L'actuel Opéra Garnier, dont la construction a été confiée à Charles Garnier en 1861, ouvrira ses portes en 1875.

32 *Splendeurs et Misères des Courtisanes*, Honoré de Balzac.

33 Ministre de la Justice.

34 *Beaucoup de bruit pour rien*, Shakespeare

35 Le gibet de Montfaucon, haut lieu de la justice royale, était situé sur la colline de Montfaucon, près de l'actuelle place du colonel Fabien.

36 La carrière de gypse des buttes Chaumont a été exploitée par la Société civile des buttes de Saint-Chaumont jusqu'en 1860. Le gypse sert principalement à faire du plâtre après avoir été calciné dans des fours à chaux.

37 La Compagnie impériale des voitures a été créée en 1855 par Napoléon III pour contrôler ce secteur jusqu'alors soumis à une âpre concurrence. Par-delà l'intérêt économique de l'opération, les cochers de ces voitures servaient d'indicateurs à la police. Le monopole a été maintenu jusqu'en 1929. Il a pris le nom de Compagnie générale des voitures à la chute de l'empire.

38 Le fusil Minié est un fusil à canon rayé utilisé dans plusieurs armées au milieu du XIXe siècle.

39 Loi du 19 juillet 1845 vise 72 substances dites vénéneuses, comme l'opium, la morphine et la cocaïne.

40 De 1804 à 1903, les conscrits enrôlés dans l'armée étaient tirés au sort.

41 Les Anglais détenaient le monopole du trafic de l'opium en Chine. Le gouvernement chinois tenta de réguler ce commerce, ce qui a entraîné les guerres de l'opium. La France a apporté son concours à l'Angleterre lors de la deuxième guerre de l'opium (1855-1860).

42 Journal quotidien d'opinion fondé en 1833.

Imprimé en France
ISBN 979-10-284-3190-7
Dépôt légal : 4e trimestre 2023